Un enfant de toi

mercileslivres, une marque de Sodi-Art Éditions

Domaine de Pelus,
17 rue Archimède, 33691 Mérignac cedex

ISBN : 978-2-38355-097-6

Dimitri van Sprang

Un enfant de toi

Roman

mercileslivres

À mon père…

Ma vie n'est au fond nulle part qu'en moi-même.

Benjamin Constant

La désillusion

JOUR 0 – Échec de la quatrième et dernière FIV de Louise Delattre

Louise a reçu l'appel de sa gynécologue, son visage s'est décomposé. Elle a tout de suite compris. Elle aurait sans doute préféré hurler puis fondre en larmes en se jetant sur le canapé. Mais elle a simplement raccroché. Le couperet est tombé froid et tranchant : ils n'auront pas d'enfants ensemble, Adrien est stérile. Non pas à 100 %, mais suffisamment pour qu'au bout de trois ans d'essais et la quatrième fécondation in vitro, ils sachent qu'à priori, aucune petite tête blonde, brune ou rousse ne viendra pointer le bout de son nez.

Adrien se mure dans un long silence et observe sa femme. Toutes leurs projections s'effacent, il ne reste plus qu'une image floue et un avenir sans perspective. Leur lien lui semble soudainement si ténu. Louise reste calme et posée. C'est ce flegme qui l'a séduit quand il l'a rencontrée. Elle ferme les yeux, son corps se contracte légèrement, une première larme vient s'échouer au coin de ses paupières. Elle est annonciatrice de nombreuses autres. Mais elle ne craque toujours pas, elle se plie en deux comme un roseau. Au fond d'elle, c'est une déflagration. Elle implose. Elle voit défiler leurs six ans de mariage avec ses années d'essais et d'espoirs. Un monde s'écroule. Elle sait qu'il n'y aura plus de jours d'attente interminable avec l'espoir au bout du fil. Elle n'ira plus faire des prises de sang pour évaluer l'évolution hypothétique de l'embryon. Elle ne scrutera plus le moindre changement hormonal. Elle ne se touchera plus les seins pour sentir s'ils ont vraiment gonflé. Son cœur ne s'accélérera plus quand elle ressentira des douleurs au ventre. Elle sait que si elle reste avec lui, elle n'aura pas d'enfant. Elle connaît la chanson. Il n'y aura pas de cinquième tentative, c'est trop risqué.

Leur couple est en jeu et ils ont fait tapis. Ils ont tout misé sur l'espoir d'un enfant. Adrien est atteint d'asthénospermie[1] et de tératospermie[2], s'il en croit les termes

1. Diminution de la mobilité des spermatozoïdes, dont le nombre reste normal (définition du Larousse).
2. La tératospermie (ou tératozoospermie) est une anomalie spermatique se caractérisant par des spermatozoïdes présentant des défauts de morphologie. Source : www.passeportsante.net

médicaux qui apparaissent sur les analyses des laboratoires et qu'il traîne depuis trois ans avec lui dans une pochette bleue. Ses spermatozoïdes préfèrent se la couler douce au bord de la plage, version camping. Son urologue lui avait annoncé de manière directe pour ne laisser aucune place à l'interprétation. Adrien aurait préféré qu'il le fasse avec poésie et panache. Et pourquoi pas avec une pointe de lyrisme historique, pour colorer cette nouvelle qui allait écraser sa virilité : « Bon, Adrien, je dois vous dire : vos zigotos, là, n'ont aucune envie de partir à la conquête de nouveaux territoires, ils restent immobiles. Il n'y a pas de Grande Armée en vue, aucun spermatozoïde ne répond à l'appel de la charge. Pas de cavalerie pour arracher les victoires d'Ulm et d'Austerlitz. Nada, à faire gémir Napoléon. C'est la bérézina. Il y en a bien des braves, ou tout simplement des moins fainéants, qui sont prêts à partir au premier coup de pistolet, mais ceux-là ne sont pas aptes au service. Les soldats "anormaux" sont trop nombreux. C'est dans vos garnisons que ça se passe, Adrien, il y en a une qui n'est pas au top de sa forme. On est loin d'un chef-d'œuvre de Dali. »

Pourtant, tout a été fait pour trouver les très rares fantassins prêts à se mobiliser. Son urologue est allé les chercher au fin fond des deux garnisons. Il a bien trouvé quelques soldats, mais peu ont fini par atteindre l'objectif. Et quand c'était enfin bon, quand ils ont touché dans le mille, c'est du côté de sa femme que ça a coincé, que ça n'a pas tenu après le transfert. La bataille était peut-être trop rude. Ou la foi n'y était pas. Qui sait ? Finalement, tous sont morts pour la patrie, l'espoir d'un couple, sans gloire ni victoire. La science engendre la science. Médicalement, leur échec se résume à des statistiques. Quatre FIV, un transfert que vous multipliez chacun par 15 % à 20 % ont donné comme résultat un zéro pointé vers l'infini.

Louise se souvient des photos accrochées aux murs de la clinique. Des clichés envoyés par des parents chanceux. Autant de victoires sur la fatalité. Des promesses qu'elle voyait défiler quand l'infirmière la transportait sur son lit d'hôpital, tout sourire, vers la salle d'opération. Évidemment, Louise s'était projetée. Elle essaie de ne pas en vouloir à l'infirmière qui lui avait souri et lâché dans un élan d'optimisme : « Si vous ne tombez pas enceinte, je deviens bonne sœur ». Louise n'est pas tombée enceinte et l'infirmière est restée infirmière. Mais elle aussi devait y croire. Elle essaie de ne pas revoir ces photos de bébés, enfants de la réussite d'une science qui a su sublimer la vie. Non, il ne faut pas qu'elle se revoie toute petite avec son frère et sa sœur. *Ne pas*… et avancer. Elle est en colère, elle ressent de l'injustice et ne veut pas renoncer à ce projet de vie. Ces mêmes murs blancs n'affichaient pas ceux pour qui la médecine n'a rien pu faire et des pans entiers de parois restent immaculés de ces couples sans espoir.

Quelle promesse reste-t-il, alors ? Quelle réponse donner à ceux-là ? Où peuvent-ils trouver la force de donner un nouvel élan à cette autre vie à laquelle ils doivent se résoudre ?

Adrien s'approche d'elle. Il aimerait pouvoir lui parler, décrocher un mot, celui qui annonce une lueur, du réconfort ou de l'espoir. Mais rien ne sort. Jamais il n'aura le courage de lui avouer qu'il l'avait pressenti. Une voix, au fond de lui, lui glissait certains soirs dans le creux de l'oreille qu'ils n'auraient pas d'enfant ensemble. Pas maintenant. Il est encore trop tourmenté, pas assez en éveil. Il a souvent eu ce sentiment que c'est là, au fond de son être, au-delà du corps, que cela se passe. Il a encore du chemin à parcourir avant qu'une vie puisse germer. Et ça, aucun urologue ni tout autre médecin n'aurait pu en faire le diagnostic, et jamais il n'a pu l'avouer à sa femme de peur de la perdre.

Leur histoire avait pourtant commencé comme un conte d'amour des temps modernes. Ils vivaient dans l'insouciance d'un couple à qui tout devait sourire.

La rencontre

7 ans avant le jour 0

Adrien a rencontré Louise à l'instant précis où il n'attendait plus rien de sa vie sentimentale ni de cette soirée qui semblait s'étirer à l'infini.

Le trentenaire à l'apparence solaire, fin, aux cheveux bruns et ébouriffés qui soulignent son regard couleur vert-noisette, est usé par ses nuits trop courtes, l'alcool et les rencontres sans lendemain. Ses collisions nocturnes avec des inconnues ont lieu habituellement au carrefour du bar et de la piste de danse. Quand le constat ne se fait pas à l'amiable, il finit dans le lit de ces femmes dont il oublie le nom quelques semaines plus tard. Adrien est un architecte d'intérieur qui vit au rythme de ses désirs fugaces, avec parfois, dans la confusion des corps emmêlés, l'éclosion d'un sentiment amoureux. Mais au réveil, il ne reste finalement rien d'autre que des draps souillés, une sensation de solitude, un vertige et une envie de fuir.

Il est trois heures du matin, il ère, les pieds engourdis dans une boîte branchée de la capitale. Pourtant l'atmosphère est joyeuse et électrique. Mais lui n'y est plus, il aurait aimé quitter les lieux depuis longtemps. Ses deux amis sont partis avec leurs conquêtes il y a une heure environ. Sur le départ, Charly lui avait murmuré : « Bon Adri, on part, désolé, en même temps on te laisse en bonne compagnie, mais quand même bon courage, et abnégation ! » et lui avait tapé sur l'épaule.

Charly et Geoffrey, ses frères d'armes, étaient à l'œuvre avec deux jeunes Américaines, Jane et Caroline. Elles venaient tout droit de Californie. Caroline s'était confiée à Geoffrey, entre deux gorgées de mojito, les lèvres collées à son oreille. Elle accompagne Jane qui s'est fait larguer par son mec et qui espérait oublier cet amour perdu en venant en Europe. Mais sans succès. Alors elle rit beaucoup en public et pleure plus encore en privé. Elle a entraîné Caroline dans son petit manège, qui fait semblant de ne rien voir. Après s'être extasiées devant les œuvres du Louvre en balançant des *« So, amaaaaazing »*, s'être perdues dans les ruelles de Montmartre, et avoir accroché un cadenas sur une rambarde, elles avaient décidé que, ce soir, elles se laisseraient embarquer dans le jeu de l'Arrache-cœur. Charly et Geoffrey correspondaient parfaitement aux Parisiens tels qu'elles se les imaginaient. Charmeurs, physiquement élancés, élégants et pratiquant l'anglais avec un accent à couper au couteau. Jane avait embrassé Charly, et Caroline s'était laissé surprendre par Geoffrey. Elles avaient aimé ce *french kiss.* C'est peut-être ça, avoir un cœur libre et ouvert à l'aventure, aimer le baiser d'un inconnu, le laisser s'échapper et ne pas s'y attacher.

Ils s'étaient éclipsés, bras dessus, bras dessous, laissant Adrien prisonnier de la soirée. Il avait perdu son ticket de vestiaire et devait attendre la fermeture pour récupérer ses affaires. Il avait bien tenté sa chance en se plantant devant la fille du vestiaire. Il s'était ressaisi, avait rassemblé ses esprits en ravalant l'alcool qu'il avait ingurgité dans une euphorie hilare avec ses amis et avait tenu droit le regard de la jeune femme :

— Je ne vais tout de même pas attendre cinq heures ? Laissez-moi entrer dans le vestiaire et je vous montre mon manteau.

— Et si tout le monde faisait comme vous, monsieur ? Non, désolée, il faudra attendre la fermeture.

Intransigeante comme un bon sens administratif, cette

logique implacable lui avait cloué le bec. Adrien ne tenait plus en place. Il aurait bien sauté au-dessus du comptoir, pris son manteau et puis « au revoir ». Mais il avait cédé, il n'avait pas envie d'insister. Il avait laissé couler et avait fait demi-tour.

Adrien traverse la salle, le son électro rythme les battements de son cœur. Les basses qui s'accélèrent en surface et la mélodie comme une lame de fond lui hérissent le poil. Il monte sur une estrade au bord de la piste de danse et observe l'agitation autour de lui. Il promène son regard dans la salle. Il y flotte un parfum de sensualité dans l'air, une brise enivrante. La foule se croise et s'entrecroise, de la piste aux toilettes, des toilettes au bar, du bar à la piste. Les corps se frottent, les gens se toisent, la séduction est présente à chaque regard en coin. C'est le lieu des possibles. Il est entouré de fêtards qui sortent comme des bêtes sauvages de leur quotidien pour voyager au cœur de la nuit. Ils y vont avec l'élan essentiel d'une liberté promise, la promesse que tout peut arriver, que tout peut être vécu sans conséquence, que tout peut être expérimenté. Vivre pour vivre, rire pour rire, pleurer pour pleurer, séduire pour séduire, boire pour boire, se droguer pour se droguer, sans raison, sans autre recherche que celui du plaisir de l'instant, furtif sans doute. Ils ne sont pas venus ici chercher une part d'éternité ni un sens à leur vie. Ils sont venus l'oublier un peu, tout simplement.

Mais Adrien, lui, ne voit que des ombres. Aucune silhouette ne se détache. Pourtant à quelques mètres de lui, juste aux pieds de son perchoir, il y a une jeune femme. Châtain et yeux bruns. Elle tourbillonne sur la piste de danse à la manière d'un derviche tourneur. Au milieu de la masse, il la repère enfin. Elle se sent observée et le toise de son regard candide qui brille comme une étoile. Une lueur de pureté dans la nuit noire. Adrien reste amarré à la jolie ingénue de longues minutes qui passent comme des secondes. Elle a les traits réguliers. De son visage émane une douceur désarmante. Il est traversé par un sentiment qu'il croyait lointain, interdit, une émotion qui pourrait lui gâcher définitivement sa soirée. Un sentiment d'attachement. Adrien sait d'expérience que la nuit sublime les gens et les sentiments, pour mieux les broyer au lever du jour.

Il sort de sa torpeur, encore en tension, se rassemble et l'aborde maladroitement :

— Salut, je peux t'offrir un verre ?

— C'est direct comme approche, mais oui pourquoi pas. Je veux bien un verre de vodka pomme, s'il te plaît.

Elle lui sourit béatement. Il l'extrait de la piste et la drague avec retenue. Elle s'y prête avec innocence. Elle s'appelle Louise, elle a vingt-huit ans. L'appréhension d'Adrien a cédé la place à l'enthousiasme que procure une complicité naissante. Les gestes commencent à être tendres, sa main a saisi la sienne, il serre ses doigts, sa paume. Tout son désir est contenu dans ces deux mains qui se pressent, ces doigts qui s'enlacent, au cœur de ces paumes qui se caressent. Avant que l'intensité ne baisse, que ces gestes ne s'affaiblissent, il l'embrasse par surprise. Louise sursaute puis s'abandonne pudiquement. Sa bouche distille un goût de vodka pomme et de laisser-aller. C'est une sensation extraordinaire d'embrasser une femme pour la première fois. Le souffle se coupe, le cœur s'accélère, fort, le corps s'électrise, vient enfin la caresse des lèvres liquides, qui couvre, apaise et éveille les sens. C'est un premier saut dans le vide. Mais le saisissement s'estompe dès le deuxième, l'instant si précieux de la découverte est déjà passé.

Les minutes s'égrènent. Le cœur d'Adrien s'emballe gracieusement. Il oublie qu'il est séquestré dans cette soirée pour une sombre histoire de vestiaire et de logique implacable.

Alors qu'il se projette dans la suite, une amie de Louise vient la chercher. Elle débarque, confuse et agacée. Elle sait que plus aucun homme ne la séduira ce soir. Cette nuit, elle retournera chez elle, seule, tête baissée, ses escarpins à la main.

— Bon, Louise, ça fait plus d'une heure que je te cherche, j'y vais, tu viens? Son amie fronce les sourcils et fait un geste discret de la tête lui indiquant la sortie.

— Oui, oui j'arrive.
— D'accord, je t'attends dehors. Grouille.
— Je dois partir, je suis désolée. J'aurais aimé rester plus longtemps mais nous sommes venues ensemble et je ne veux pas la laisser partir toute seule.
— Tu pars déjà ? Mais comment fait-on pour se revoir ?
— Laissons faire le hasard...
— D'accord ! Et quand pourrait-on se revoir par hasard ?
— Je ne sais pas, appelle-moi, ça devrait sans doute lui donner un sérieux coup de pouce.

Elle sort de son sac un bout de papier froissé, gribouille rapidement son numéro et lui tend. Elle se retourne avec un sourire espiègle et disparaît dans la foule qui se referme sur elle.

*

Adrien a pris son courage à deux mains, a composé le numéro de téléphone de Louise et l'a invitée au musée Rodin. Elle a accepté d'une voix distante.

C'est la fin juillet, le ciel est lourd. La chaleur accable *le Penseur* qui paraît se recroqueviller davantage. Ils se sont donné rendez-vous devant l'entrée de ce majestueux hôtel particulier du XVIIIe siècle, l'hôtel Biron. Adrien est en retard. Louise, toujours à l'heure, est sur le point de s'éclipser. Il l'a repérée de loin, avec son visage juvénile et son élégance affable. Il accélère le pas. La jeune célibataire a déconcerté Adrien. Depuis la soirée où il l'a abordée, il n'a cessé de penser à elle sans qu'il n'arrive à réellement comprendre pourquoi il s'est attaché à cette fille au premier abord ordinaire. Avant de l'appeler, ils avaient échangé des messages. Chaque SMS envoyé était une mise en abîme, l'attente un purgatoire et sa réponse une rédemption. Louise scrute les alentours à sa recherche. Elle a la peau cuivrée par le soleil d'été, elle porte une jupe verte, un haut noir et n'est auréolée d'aucun affiquet. Il la trouve tout simplement ravissante. Louise est sur ses gardes. Elle a, se dit-elle, accepté l'invitation par simple curiosité. Elle avait illico cerné le caractère séducteur et noceur du personnage. Elle ne devait être ni la première ni la dernière sur sa liste de convoitise. Seulement, le soir de leur rencontre, elle avait trouvé le bonhomme, à la dégaine d'esthète débraillé, charmant et amusant. La constance de Louise devait être encline à découvrir le bouillonnement fantasque d'Adrien.

Ils s'embrassent gênés sur la joue, les compteurs sont remis à zéro. Ils cherchent refuge dans la fraîcheur du bâtiment. Leurs corps moites y trouvent une respiration nouvelle. En déambulant dans les salles du musée, Adrien se laisse porter par la sensualité des sculptures exposées et par le corps dandinant de Louise. Au premier étage, il s'arrête devant l'œuvre *Psyché ranimée par le baiser de l'amour* d'Antonio Canova. Il laisse filer Louise. Il est subjugué par cette sculpture translucide comme de la nacre. Il se souvient de l'histoire de Psyché qui, dans la mythologie grecque, est d'une redoutable beauté au point de susciter la jalousie de la déesse de l'amour, Aphrodite. Celle-ci endort Psyché avec l'espoir qu'elle n'attise plus jamais le désir des hommes. Chez les dieux aussi, l'envie est le plus redoutable des péchés. Mais Aphrodite est contrée dans son dessein par le baiser qu'Éros donne à la jolie Psyché. Et c'est à cet instant-là, au moment où les lèvres d'Éros effleurent comme une caresse d'éveil celles de Psyché, à cette seconde-là précisément, que le désir (« la passion amoureuse » au sens grecque) l'emporte sur l'amour. Adrien reste planté encore quelques secondes devant la sculpture, prisonnier de ses pensées et de son désir contenu. L'après-midi se déploie et le duo s'envisage.

Après avoir vagabondé dans les allées du jardin, il l'invite à dîner au Café Marly. Ils choisissent une table en terrasse avec une vue imprenable sur la pyramide du Louvre et s'enfoncent dans la soirée. Louise sort une clope de son paquet : « Tu en veux une ? » Ses gestes sont lents, entrecoupés de quelques spasmes de nervosité et d'une maladresse touchante. De l'extrême bout des lèvres, elle tire sur sa cigarette et recrache aussitôt la fumée. C'est une fumeuse en herbe. Elle en sort une autre : « Tiens, je n'aime pas trop fumer seule ». Ils crapotent désormais tous les deux. Louise parle d'elle. Il la trouve douce et drôle. Elle est pourvue du charme discret et soigné de la bourgeoisie dont elle est issue. La nuit avance et couvre la place.

Louise décrit son travail « dans le marketing ». En tant que chef de projet chez Guerlain, elle gère des campagnes de communication. Il décroche un instant, il avoue. Adrien se méfie des mots « marketing » et « communication ». Elle lui parle de sa famille, les Delporte, et s'attarde sur son père qu'elle admire. Elle dépeint sa jeunesse et une adolescence dorée. L'ennui, les loisirs, le plaisir et l'oisiveté semblent se marier parfaitement dans le quotidien de cette famille du Nord. Elle commence à se sentir à l'aise avec Adrien. Elle déroule sa vie, ses projets, ses amis, ses emmerdes, avec l'espoir inconscient qu'il comprenne et partage ce qu'elle ressent. Louise a un regard doux, une voix qui glisse sur les voyelles et les consonnes, une intonation tendre, un cœur ouvert au monde et une curiosité qui l'amène à vouloir découvrir d'autres espaces. Elle possède cette force rare, qu'il n'avait jamais vue jusqu'à ce soir d'été, de toujours porter un regard bienveillant sur le monde et sur les autres. Elle perçoit la qualité des êtres avant leurs défauts. Elle n'a rien à prouver. Elle *est*, tout simplement. Le tourbillonnant célibataire vient de rencontrer une femme qui lui murmure des mots de liquoreux à l'oreille. Alors il l'écoute, s'enthousiasme, la fait rire, la fixe et cherche à la séduire avec son bagout. Adrien est tout feu tout flamme.

La Lune se reflète dans les vitres de la pyramide lorsqu'ils quittent le restaurant. L'instant est de cristal. Ils sont à la croisée des chemins. Soit elle rentrera seule chez elle prétextant qu'elle doit se lever tôt pour aller travailler, soit elle viendra chez lui « prendre un dernier verre » dont ils savent l'un et l'autre qu'il ne sera jamais servi.

Louise s'apprête à le laisser :

— Merci Adrien pour cette belle journée. Tu vois, finalement, le hasard fait bien les choses. On se revoit bientôt ?

— Tu veux déjà rentrer chez toi ? Il n'est pas très tard, décidément c'est une habitude de partir tôt. Viens prendre un verre chez moi.

— Je ne suis pas certaine que… Oui, d'accord… bredouille-t-elle avant d'enjamber le scooter d'Adrien.

Ils traversent Paris, les bras de Louise sont enroulés comme deux lianes autour de la taille d'Adrien. Les kilomètres défilent, il sent la chaleur du corps de Louise qui se diffuse contre lui, son désir augmente, il accélère. Arrivés en bas de son appartement, la tension et l'excitation sont à leur comble. Adrien vit au dernier étage de l'immeuble, dans un quarante mètres carrés, près de Belleville. Il a aménagé sa garçonnière avec goût – c'est son métier – en un savant mélange d'antiquités et de meubles contemporains.

Une fois avoir passé la porte, ils s'effeuillent maladroitement. Il la guide vers sa chambre et l'embrasse comme pour fuir. Louise retient son souffle, elle évite son regard, puis le cherche. Elle se livre à un homme qu'elle ne connaissait pas, ou à peine, il y a quelques heures encore.

Lâcher prise, se dire qu'il est celui qu'elle imagine. Faire confiance, se faire confiance et s'abandonner. Elle s'est mise à nu. Dans la pénombre, sa silhouette se dessine en ombre chinoise. Adrien distingue la forme bombée de ses seins et le creux de ses reins qui se jettent sur la courbe de ses fesses. Le corps de Louise se refroidit en quelques secondes. Il est glacial et parcouru par de légers spasmes, de froid et de nervosité. Elle saute dans le vide avec Adrien, un homme rencontré à quatre heures du matin au pied d'un podium il y a un mois. Elle est perdue. Les mains d'Adrien l'effleurent, il essaie, lui aussi, de cacher ses tremblements. Elle inspire d'un coup sec à l'instant précis où il touche sa peau. Ses lèvres se posent sur les siennes, il glisse vers sa nuque. La respiration de Louise devient sonore. Il lui caresse le bas du dos, ses doigts se faufilent le long de ses cuisses et remontent entre ses jambes. Ne pas aller trop vite, être dans la justesse de ce qui les appelle au fond d'eux. Ils essaient de ne pas se laisser dépasser par le désir. Elle rentre dans la danse, ses sens ont pris le contrôle. Il n'y a plus d'espace pour les questions, le cerveau abdique, le cœur réconforte. Leurs corps se rapprochent, le simple contact ne suffit plus. Ils ont besoin de plus. Leur désir devient violent. Ils font l'amour dans un plaisir continu. Ce sont deux lutteurs dans un lit trop petit. Leurs corps suintants ne font plus qu'un. Louise se relâche, elle devine qu'elle ne s'est pas trompée, elle le devine physiquement, ça la rassure. Son cœur tambourine, il résonne encore. Elle ressent une légère euphorie et vient se tapir contre lui.

Dans cet instant de réconfort, Adrien comprend qu'il est transporté. Avec Louise, il veut du vrai, de l'imparfait, du solide dans les instants de fragilité.

Sœurs d'âmes

4 mois après le jour 0

Le cœur de Louise est ratatiné par l'échec du dernier transfert, mais elle essaie de faire bonne figure. Ça fait quatre mois, jour pour jour, qu'ils savent que cette lumière-là s'est éteinte. Il n'y a plus de branche rationnelle sur laquelle se poser. L'espoir d'avoir un enfant ensemble est définitivement mort et enterré. Misérable anniversaire. Une étoile de vie a été soufflée. Ils sont à table, les conversations quotidiennes sont restées les mêmes. Mais une distance s'est installée entre eux, sournoisement, petit à petit, bêtement. Leurs conversations n'ont plus la même consistance. Ils s'entendent mais ne s'écoutent plus vraiment, ce sont deux étrangers. « Tiens, j'ai eu Diane au téléphone, figure-toi… on vient de lui proposer de… fou, non ? »

Les mots s'effacent, ils ne passent plus le mur du son. Une pensée traverse Louise, une pensée cruelle et crue, qui la pousse à fermer brièvement les yeux pour mieux la chasser de son esprit. *Adrien ne peut pas avoir d'enfants, mais moi je suis fertile malgré l'échec des transferts. Je l'ai accompagné jusqu'au bout, corps et âme, je ne peux rien faire de plus pour nous. Je veux fonder une famille. Mes sentiments ne sont plus les mêmes qu'avant, je me sens plus distante. Je ne suis plus désirée. Alors que comptes-tu faire, idiote ? Divorcer ? C'est ça ? Chercher un autre homme ?*

Oui et pourquoi pas ? Rien ne l'en empêche. De quoi faut-il faire le deuil ? De son mari ou de son rêve d'être mère ? Alexandra, sa *boss*, lui a glissé de quitter Adrien. Pas plus tard que la semaine dernière à la cantine dans un moment de confidence, entre deux bouchées de salade de quinoa bio, après s'être perdue dans quelques poncifs sur la mauvaise gestion de la politique économique française. Alexandra, indépendante, féministe et libre, n'attend plus grand-chose de la gent masculine. Elle l'avoue sans aucune pudeur :

— Louise, en réalité, je ne pense pas avoir cherché un jour « l'homme de ma vie ». Tout ça, ce sont des foutaises romanesques. Je connais les hommes. Ça simplifie beaucoup les choses, crois-moi. Je me suis évertuée à trouver un homme bien, fidèle, capable de me faire un enfant et de l'élever dans de bonnes conditions. Et c'était déjà un sacerdoce. Heureusement Thibault est parfait, merveilleux même. C'est un chic type et surtout un très bon père. Le reste, tu sais... Tu es encore jeune mais tu verras, c'est important de te réaliser et de penser à toi d'abord. Il est temps d'avancer, ma chérie.

Alexandra a trouvé un mâle prolifique, un père de famille pas trop ambitieux, mais doté d'une petite fortune personnelle. Ça lui permet de se consacrer sans entrave à sa carrière professionnelle. Elle pourrait le quitter sans larmoiement s'il le fallait. Elle ne se fait plus d'illusion sur l'amour. L'indépendance avant tout et elle l'assume. Et bien que Louise ne soit pas encore comme Alexandra, elle sent qu'elle a espéré jusqu'au bout qu'Adrien soit un mâle reproducteur.

Face à elle, son mari est fébrile. Il se sent coupable et vide. Il redoute le jour où elle se résignera à le quitter. Ils ne se sont plus touchés depuis des semaines, des mois plus probablement. Il a honte, sa stérilité a eu raison de sa virilité. Son désir est muet. Il est en colère contre lui-même. Chaque soir, étendu près de Louise, il est inorganique. Il n'est plus qu'embarras. Il aspire au sommeil pour s'esquiver. Il aimerait révéler l'animal qui sommeille en lui, mais le tourbillon de ses pensées barricade toute échappée. Il se sent impuissant. Il lui arrive de compter sur un éveil, il se scanne, espère « qu'IL » tressaillira, mais c'est le *vacuum*. Il aimerait forcer la chose, tente le coup et, honteux, abdique à chaque tentative. Le mental assomme l'être. Il n'a plus à offrir que sa tendresse et l'innocence de ses effleurements qui voyagent sur le corps de Louise. L'or au bout de leurs caresses s'est mué en coton. Adrien doute de lui. Comment se définir? Il n'est pas ascète et n'a pas fait vœu de chasteté. Il n'est plus que l'ombre d'un homme dénué de sensualité. Il ne supporte plus de voir des scènes d'amour sur grand écran. Mais il se secoue périodiquement en cachette sur des sites libidineux en regardant des femmes fantasmagoriques prises violemment par de jeunes étalons dans un concert de gémissements érotiques. Il retrouve alors brièvement l'éveil de sa virilité dans un moment d'extase. Un plaisir d'alcôve qui lui échappe au contact de Louise. L'humiliation est sévère, Adrien est soumis. Il se rêve ailleurs, dans les bras d'une autre, un terrain vierge de toute tentative, ignorante de sa tragédie. Une femme sans aspiration d'enfant, libérée du joug de la maternité.

Il contient ces pensées-là, il est statufié, ses membres sont endormis, ils sont tentés de tout abandonner. Il s'accroche à la table et sert un verre de vin rouge à Louise. Le bruit du liquide l'apaise un court instant. Il cherche une échappatoire.

— Louise, je crois qu'il faut que l'on se fasse du bien. Prenons le temps de panser nos plaies. Partons quelques jours au soleil. J'aimerais voir la mer, changer d'air, de pays. C'est oppressant de rester à Paris, j'étouffe ici. Partons à Naples par exemple ! C'est magnifique et chaotique, Naples ! Qu'en penses-tu ?

Louise, qui n'a pas pour habitude de pratiquer la politique du « non » (elle n'aime pas ça, ça crée des tensions, et ce n'est pas son truc), réplique : — Oui pourquoi pas, si tu crois que c'est une bonne idée.

Il aurait pu lui proposer de partir dix jours dans la Creuse ou un mois dans un luxueux lodge en Tanzanie, sa réponse aurait probablement été la même. Un deuxième long silence s'ensuit.

C'est à nouveau au tour d'Adrien d'être pris dans la spirale de ses anciennes questions existentielles. Il revoit l'Adrien célibataire, libre, en recherche perpétuelle d'intensité dans ce qu'il vivait. La transgression comme religion. La juvénilité dans les soirées d'ivresse, les conquêtes féminines, les fous rires avec ses potes et ses voyages en sac à dos à travers le monde. Il ne voulait pas avoir le cœur trop vieux. Il pensait qu'il ne devait pas encore renoncer à ses rêves d'enfant, à ce qu'il lui restait de sa quête d'aventure. Pour ne pas vieillir trop vite, pour ne pas mourir trop vite. Il avait soif de liberté. Se sentir vivre en exacerbant ses sens, se mettre au contact de la vie, à nu, sans limites. Sentir brièvement chaque pore de sa peau se dilater et brûler lorsqu'il effleure l'instant, où tout semble mystérieusement juste. Au bout du chemin il ne restera, de toute façon, rien d'autre que lui, face à sa solitude profonde et implacable. Alors autant tout cramer et vivre dans l'excès. La nuit absorbait ses déceptions, ses désillusions, ses espoirs enfouis et sa peur d'être seul. Il est beaucoup sorti avec ses amis, a laissé filer quelques amours, et s'est perdu loin, jusqu'à cette nuit où il a rencontré sa femme. Mais ce soir, face à elle, il sent ce sentiment de solitude se poser sur lui comme un voile. La voie de l'apaisement, d'un embourgeoisement docile pour combler le vide, prend elle aussi des allures de voie sans issue. Il comprend qu'il ne trouvera pas de réponses dans son mariage ni dans la naissance d'un enfant. Son corps a refusé fermement cette option. En tant que procréateur, il est inutile et hors d'usage.

Son sexe n'est même plus qu'un objet de plaisir et de jouissance furtif. Ce n'est plus qu'un petit machin ballant. Adrien ne sera pas père et ne connaîtra jamais le premier contact de « peau à peau » avec son bébé, il ne vivra pas de nuits blanches « enchantées » ni de couches à changer au restaurant. Il ne pourra pas s'enivrer du parfum doux et laiteux de la peau de son enfant, il ne répondra jamais à l'appel de « papa », il ne paniquera pas en le perdant de vue au bord de la piscine un après-midi d'été chez des amis, il ne courra jamais le matin complètement à la bourre pour le déposer à l'école, il n'engueulera pas le préadolescent pour qu'il fasse ses devoirs, et il ne lui dispensera pas de conseils sur l'amour. Il ne verra pas une part de lui grandir. Et tant pis si l'avenir n'est pas radieux, tant pis s'il manque parfois de poésie et qu'il ne promet que des désillusions, des pandémies, des catastrophes sanitaires ou écologiques, et des morts, peut-être aurait-il apporté un peu d'éternité et d'espoir à Adrien. L'espoir que demain tout pourrait changer.

Le silence est épais, lourd, ombrageux, la pièce se referme sur leur couple. Adrien a envie de disparaître, il se recroqueville. Son portable vibre brièvement dans la poche de son jean. Une bouée venue du monde extérieur. Louise s'apprête justement à lancer un sujet de conversation, ses lèvres esquissent un léger mouvement. Il jette rapidement un œil sur l'écran, c'est un message de Geoffrey :

Ça te dit un vernissage dans la galerie d'un ami ? J'y serai dans trente minutes. 42 rue d'Artois, 75008. À++, Geoffrey.

Louise essaie de se rassurer, de chasser loin, très loin, sa première pensée. Elle veut réaffirmer son amour pour Adrien et écarter l'idée même de se séparer de son mari. « Tu sais je n'ai aucune envie de te perdre. Je t'aime. Il y a peut-être d'autres possibilités. Peut-être devrions-nous les envisager ». Il toise Louise, tape d'une main « OK, j'arrive », se reprend et répond affable. « Moi aussi je tiens à toi, mon amour, mais je ne sais pas si je suis prêt pour ça.

Je m'en veux beaucoup mais la marche est trop haute. J'ai besoin de temps. » Il sait que rien ne l'oblige à être à l'heure à ce rendez-vous mais il veut y arriver le plus vite possible. Fuir et se perdre dans la nuit, comme avant. S'oublier un peu. Il lui reste deux minutes pour lui annoncer qu'il sort : « J'ai eu un message de Geoffrey, il me propose de venir à un vernissage, ce ne sera pas long rassure-toi. Je vais prendre un verre ou deux et je rentre. »

Il débarrasse son assiette et couvre Louise de mots d'amour susceptibles de la rassurer. « Je t'aime moi aussi, mais j'ai besoin de me vider la tête et après, je viens me coller contre toi. Tu ne m'en veux pas ? À tout à l'heure ! » Adrien prend son assiette, Louise tend sa main : « Laisse, je vais m'en occuper. »

Adrien file dans sa chambre, ouvre la penderie et fait glisser les chemises sur la barre. L'excitation monte. Il en saisit une bleue cintrée, classique, col italien, modèle passe-partout. Jean foncé, chemise, gilet gris et boots en cuir, il est en uniforme. Un coup de parfum, « Allure » pour homme de Chanel, sa valeur sûre, une odeur qui lui colle à la peau. La dernière touche avant de se lancer dans la nuit. Et c'est parti, la porte claque dans son dos, il est de l'autre côté de la matrice. En l'espace de quelques secondes, ses pensées noires se sont évaporées.

Il se dit qu'il doit arrêter de se poser trop de questions. Il veut arrêter de se torturer avec les « pourquoi » et les « et si… », juste respirer, oublier sa stérilité, sa libido, Louise, et l'avenir. Plus de questions, simplement vivre et profiter de sa soirée. Louise est restée assise quelques minutes encore face à son verre de vin rouge, avant de débarrasser le reste de la table dans le silence de l'appartement.

Elle, des questions, elle s'en pose encore à la pelle. Pourquoi ne veut-il pas adopter un enfant ? Quel projet de vie leur reste-t-il ? Où chercher les ressources pour garder leur couple uni ? Est-elle encore désirable ? Devrait-elle chercher un amant ? Le directeur commercial lui fait du gringue, ne devrait-elle pas céder ? Louise sent qu'elle s'éteint. Elle est rincée, elle n'aura aucune réponse ce soir, elle se plante devant Netflix. Les séries servent aussi à ça, combler le vide et offrir une illusion vertueuse : celle de ne plus devoir regarder les choses en face. L'impasse dans laquelle elle est avec Adrien.

*

Adrien arrive devant la « Waste Gallery », il y a beaucoup de monde, ça déborde sur le trottoir. Le lieu est habité par le Paris branché, le Paris qui court les destinations à la mode, les vernissages, les expositions, les défilés, les nouveaux restaurants et les derniers lieux sélects de la nuit. Un Paris qui se plaint à longueur de journée que Panam se meurt la nuit. Le genre d'endroits qu'affectionne particulièrement Geoffrey. Ici, il est sur son terrain de jeu. Un terrain vague dans lequel Adrien a lui aussi essayé, à plusieurs reprises et pendant des années, de trouver une part d'absolu.

Geoffrey n'est pas encore arrivé. Être en retard est une règle de savoir-vivre. Il est l'archétype de la branchitude bobo parisienne : dandy cool, veste cintrée, pochette in the pocket, baskets Veja, barbe de trois jours, cheveux sauvages juste ce qu'il faut, yeux verts, vifs, en énergie. C'est un chevalier sans combat, sans idéal ni poésie à défendre. Orphelin de plénitude. Il vit en suspens, attend un signal, une étincelle qui pourrait lui donner le sentiment de vivre quelque chose de fort, d'unique, de fondamentalement sensuel, d'éclatant. Bref, de se sentir vivre tout simplement. Mais à chaque fois c'est la même rengaine, quand la grâce vient enfin, qu'elle se pose comme un papillon sur le cœur fragile de Geoffrey, elle semble déjà lui échapper l'instant d'après. Rien ne se fige, jamais. Il n'arrive pas à se contenter de ce qu'il a. Alors le Don Quichotte s'époumone à chercher éternellement une nouvelle source d'adrénaline.

Dans le vernissage, la beauté semble offerte sur un plateau d'argent. Les regards restent accrochés quelques secondes seulement aux toiles exposées. Les uns et les autres s'accordent sur les œuvres, en achètent une et puis passent à autre chose, basculant sur un truc nouveau plus excitant. Le plaisir n'attend pas. Adrien se faufile entre les verres de champagne portés à bout de doigts par des femmes longilignes, des it-girls, et des femmes russes, aux pommettes qui remontent jusqu'au front, leur faisant plisser les yeux. Des Slaves aux lèvres charnues dessinées comme des cœurs. Il s'avance vers le bar, bouscule encore un ou deux hommes négligemment attentifs aux œuvres.

Alors qu'il s'apprête à commander à son tour un verre, un rire gras lui revient comme un écho. Une petite femme blonde et mince se tient derrière lui tout sourire. Adrien cherche un homme massif en mesure d'émettre un tel bruit. Mais c'est bien elle, cette femme intense qui salue son ami hilare à l'autre bout du buffet. Elle pousse très légèrement Adrien en essayant d'accéder au bar elle aussi.

— Oh, pardon. Bonsoir, je suis sincèrement désolée. Pardonnez mon rire bruyant.

— J'aurais dit surprenant, plutôt. Bonsoir. Adrien. Et… ?

— Flore.

— Bonsoir, Flore.

Flore a de l'agrile dans la voix. Elle appuie son regard bleu perçant sur lui.

— Adrien, pourrais-tu nous commander deux coupes

de champagne, s'il te plaît ? Les vernissages ne sont plus ce qu'ils étaient. Il y a plus de monde au bar que devant les œuvres. Tu trouves que j'ai un rire surprenant ? Ça alors, ça me turlupine.

Flore a cette faculté à remettre au goût du jour des verbes d'un autre temps et de vous fusiller du regard avec un sourire malicieux lorsque vous êtes susceptible de le pointer du doigt.

— Oui, je dirais même qu'il ne passe pas inaperçu.

— Ça, c'est une bonne nouvelle, ça voudrait donc dire que je ne fais pas les choses à moitié, que ce soit rire ou aborder un inconnu… Je cherche désespérément le peintre de ce vernissage, j'ai deux mots à lui dire. Serais-tu ce mystérieux artiste ?

— Non je ne suis qu'un simple pique-assiette et je n'en suis pas fier. Je serai tout à fait incapable de te dire qui expose.

— Ah, peut-être te faudrait-il un guide, alors ?

— Tu ne crois pas si bien dire. Et toi Flore ? Que fais-tu ici ? Ça, ça me tarabiscote.

Il rit bêtement de sa blague et la regarde à son tour droit dans les yeux. Elle laisse échapper un nouvel éclat de rire.

— Je suis collectionneuse. Enfin une collectionneuse d'art évidemment. Je suis convaincue qu'émane d'une œuvre de qualité ce qu'il y a de plus remarquable chez l'homme. Sa sensibilité crue, ses émotions à fleur de peau, son âme dans son expression la plus juste, la plus lumineuse et la plus noire aussi. Quelque chose d'universel. Il y a dans l'art une forme de spiritualité consciente et plus probablement instinctive. J'aime quand l'homme fait advenir l'essence de son humanité. Qu'il la questionne. Il redevient alors vivant. Tu comprends ?

Elle laisse passer un silence, le temps d'un souffle. Adrien lui rétorque d'une voix étonnamment posée, le cœur en suspens :

— Oui parfaitement.

— Ah oui vraiment ? Tu vois, avec un verre de champagne je deviens tout de suite beaucoup plus intelligente. Tchin ! Moi je n'ai rien compris à ce que j'ai dit.

Un jeu s'installe entre eux. Non pas celui de la séduction, mais celui de la découverte. Un jeu d'enfant. C'est une logorrhée verbale, entrecoupée de rires. Adrien se sent entraîné dans un tourbillon, enrobé par cette femme directe, habillée comme une gitane. C'est la confusion, il est encore dans son élan de fuite, une volonté de se changer les idées, de ne pas se poser de questions. Son cœur ne devrait pas être assez ouvert, il est encore en convalescence et porte en lui les stigmates des derniers mois. Mais voilà, ça bouge, il ressent un lien, un frisson. Une marée qui se retire avant un tsunami.

Son inconscient a perçu une lueur qui le relie à cette femme. Un fil d'Ariane qui remonte au-delà de l'enfance. Un fil rouge qui l'a mené jusqu'à cette rencontre et qui contourne sa conscience engourdie. Il active une partie très précise de son cerveau, la substance grise, l'aire corticale qui y répond instantanément et libère selon une règle immuable de la dopamine, de l'ocytocine, de l'adrénaline et de la vasopressine. Un cocktail détonant, un mélange qui se répand comme un feu et qui crée un emballement cardiaque. Son cœur s'agite, il est en surrégime. Il ne quitte pas Flore des yeux.

Geoffrey débarque et brise l'instant fragile.

— Hello Adrien ! Je vous dérange ? demande-t-il en embrassant Flore.

— Salut Flore, quel monde, bravo ! Quel succès ! Tu es sans aucun doute la grande artiste du moment ! Ah, merveilleux, je vois que tu as fait connaissance avec mon ami Adrien, je tenais justement à te le présenter. C'est LE décorateur de Paris ! Les grands esprits se rencontrent.

Adrien sourit. Flore est donc la peintre à l'honneur, elle s'est évertuée à brouiller les pistes pour ne pas être subjectivée. C'est elle qui a peint ces œuvres que le Paris branché regarde, s'enivrant au passage avant la nuit.

Après quelques minutes, il s'éclipse discrètement laissant Geoffrey s'emporter dans son discours convenu. Il prend désormais le temps d'observer une à une les peintures disposées sur les murs de la galerie. Il les observe avec un regard neuf. Attentif, il s'ouvre à l'univers de Flore.

Elle peint des portraits mais aussi des paysages vierges de toute présence humaine. Deux extrêmes qui forment les entités d'un tout. Des portraits pour pénétrer l'âme humaine, la disséquer au scalpel, y sonder une part de vérité, une part de divin. Certains regards sont empreints de mélancolie, façon Pontormo, d'autres vous observent avec un regard droit et franc. Ils semblent vous interroger. Mais tous affichent des sourires déconcertants de vérité. Chacun avec sa joie, son histoire et ses souffrances. Ils abrite tous au fond d'eux un puits de lumière. Flore a bourlingué à travers le monde pour trouver ces visages lumineux. Elle est partie à la rencontre des tribus Hamer, Mursi, Surma d'Afrique de l'est, des sages et les intouchables d'Inde, des mineurs du Chuquicamata au Chili, les Toubous du Tchad, les guerriers de la tribu Naga en Asie, les soufis du Maroc et tous ces anonymes que nous croisons sans y prêter trop attention en France ou ailleurs, mais qui portent en eux cette joie, cet ancrage. Elle a été touchée par ceux qui ont la force de savoir endurer et accepter de rentrer dans un courant de joie, quelles que soient les circonstances. Elle fait comme

Jean Hélion pour qui « un portrait, c'est fait pour montrer comment un homme fleurit au-dessus de lui-même ».

Il voit une Flore, saisie du bout de ses pinceaux, excroissances de ses mains, la beauté des paysages vierges, sauvages, hostiles, des déserts de sable, des forêts tropicales à la végétation dense, des forêts habitées d'elfes invisibles et de mystères. Adrien l'imagine peignant comme un fauve chassant sa proie : l'approche lente, silencieuse et concentrée, l'œil vif et précis, dégageant une forme de douceur au moment de se rapprocher de sa toile. Puis sa main doit s'envoler, s'écraser contre la toile, féroce, les coups de pinceau se succèdent c'est l'estocade, elle croque le mystère de son sujet et le couche, là, devant les spectateurs. Le résultat est saisissant et brut au premier coup d'œil. Les traits sont denses et pleins. Mais en reculant de deux à trois pas, pas plus, une harmonie se dégage. L'image devient nette, à moins que ce ne soit les méninges qui fassent le reste du boulot et qui, complices de l'artiste, complètent le sujet en dégageant toute son essence qui apparaît alors comme une évidence.

L'imagination d'Adrien s'emballe. Ce soir elle ne voulait pas venir, elle comptait se désister et a même appelé la galerie, un petit coup de mou. Mais elle a reçu une fin de non-recevoir : non, ce n'était pas possible, totalement inconcevable, pas d'artiste, pas de vernissage, non, elle ne pouvait pas planter tout le monde. Alors elle s'est apprêtée en dernière minute. Elle a pris ce qu'elle avait sous la main, s'est sentie rattrapée par un instinct de coquetterie juste avant de passer la porte. Elle est retournée dans sa chambre, a trouvé l'assemblage juste, « une négligence habillée », et a filé à la galerie. Elle doit être une femme qui n'aime pas les mondanités et les discussions qui ressemblent à des échanges de façade, où les égos se gonflent. C'est creux, ça manque d'intensité. Mais elle sait s'en accommoder quand c'est nécessaire, ou pour se vider la tête. Ça devient alors un jeu et son rire est son va-tout.

Flore aime les relations vraies, les tête-à-tête, les rencontres et les déjeuners à Saint-Germain-des-Prés. Elle aime marcher pieds nus, manger avec les mains, griller au soleil, enlacer les arbres, aller au cabaret et au théâtre, boire du vin, lire, méditer, dormir nue, avoir la foi et voyager seule vers le soleil. C'est une nomade, une solitaire, une ascète.

Adrien zigzague pour revenir à son point de départ et la retrouver. Mais elle s'est éclipsée. Flore est portée disparue.

Geoffrey l'alpague : « Flore te cherchait partout, elle est partie. Je pense que ça la gave, les mondanités. Bon tant pis, toi je t'emmène te changer les idées ! On va se faire la tournée des grands ducs ce soir ! » S'ensuit un clin d'œil maladroit. Geoffrey l'embarque dans les lieux de la nuit parisienne. Adrien suit le mouvement mais une partie de lui est restée et restera là-bas, dans cette galerie. Certaines rencontres sont écrites, essentielles, inévitables et quelles que soient leurs issues, leurs durées, où qu'elles puissent mener, elles touchent à une source profonde et vivifiante de l'être.

Adrien est embarqué dans un voyage initiatique.

L'intronisation

6 ans et des poussières avant le jour 0

Un soir de décembre, Louise présente Adrien à ses parents qui voulaient rencontrer ce Parisien dont elle parle régulièrement le dimanche, lors du déjeuner familial. Louise est arrivée la veille, lui est resté à Paris pour faire la fête avec Jean, son ami d'enfance, un frère par procuration. Ils ont grandi ensemble, leurs parents étaient comme les deux doigts de la main. Ils ne se lâchaient pas, ils les trimbalaient partout pendant les vacances, comme des valises qu'ils posaient dans un coin, une fois arrivés à destination, sans trop s'occuper d'eux. Jean est devenu un réalisateur à succès, il produit des émissions culturelles et de divertissements pour les grandes chaînes télévisées nationales. Il enchante merveilleusement l'image, la sublime avec son jeu de lumières, d'angles plongeants, de gros plans et de caméras qui dansent autour des protagonistes. Mais Jean s'imagine ailleurs, réalisant des longs métrages, des fresques à la fois poétiques et ubuesques. Il se rêve en Paolo Sorrentino au bas mot. Le souci, c'est qu'il a les pieds pris dans ses contrats de télévision juteux et il n'a plus la témérité d'un jeune premier, prêt à tout laisser tomber pour se lancer dans cette aventure-là. Parfois, après un trait de cocaïne ou quelques verres de vin bien tassés, ou les deux à la fois, il raconte, à ceux qui veulent bien l'entendre, qu'un jour, il réalisera un grand film, fort, qui touche à l'essence de la vie, primé à Cannes, aux Césars et pourquoi pas aux Oscars. Jean est aussi l'idéaliste amoureux, qui cherche désespérément la femme avec qui il pourrait construire une vie de famille. Son type de femme est saisonnier : eurasiennes en hiver, grandes et blondes en été, brunes et pulpeuses au printemps et en automne. Mais étrangement jamais rousse. Jean, l'écorché vif attire les femmes « infirmières », celles qui espèrent encore pouvoir sauver l'homme-enfant, ou les femmes qui aimeraient briller dans l'ombre de son succès. Mais son être est trop brûlant et son esprit est tourmenté. Alors, quand ce n'est pas lui qui jette l'éponge, ce sont les femmes qui la lui balancent à la figure, exaspérées de vivre avec un narcisse, un éternel insatisfait, un gentil colérique au cœur d'artichaut. Jusqu'au jour où Jean trouvera son âme sœur. Son égal féminin qui lui rendra la monnaie de sa pièce et le poussera à harmoniser son cœur en désordre.

La nuit dernière, les acolytes sont rentrés à cinq heures du matin. Adrien a rassemblé ses forces avant de prendre la route. Il est monté en voiture, direction Lille. Après deux heures de route, il est arrivé à Bondues, une banlieue cosy et chic de ce chef-lieu du Nord de la France. Il a traversé des allées bordées d'arbres et de belles propriétés cachées par des haies verdoyantes. Ici tout est correct, le gazon est tondu au plus près, pas une fleur ne dépasse.

La maison se trouve dans une impasse. Adrien se gare devant. C'est une grande bâtisse en pierre rouge, sans charme particulier. Il sonne et prend conscience qu'il arrive les mains vides. Ça le gêne, il ne veut pas rater ce premier rendez-vous, mais il est déjà en retard. C'est Louise qui ouvre, le cœur d'Adrien s'emballe comme le premier soir. Tout va bien, l'amour est encore au rendez-vous. Il entre, l'intérieur est moderne, décoré avec deux ou trois antiquités. Juste ce qu'il faut. Tout est propre, bien à sa place, ça sent le chlore et l'eau de Javel. Le père de Louise, la soixantaine, le visage circulaire, les cheveux gris plaqués en arrière, style mafia new-yorkaise, l'accueille à son tour, l'air débonnaire et tout sourire :

— Bonjour, vous devez être Adrien !

— Bonjour monsieur.

Leurs paluches se tendent l'une vers l'autre, elles se jaugent en une poignée de main.

— Nous vous attendions avec impatience !

Éric, jovial, cherche à le mettre à l'aise et tente de lui cacher son léger agacement. Cela faisait une demi-heure qu'il attendait Adrien, assis dans le sofa, gentiment impatient, le journal ouvert sur les pages roses du Figaro et les doigts qui fourmillent. C'est un entrepreneur de la vieille école, empreint d'une touche de paternalisme. C'est un homme droit, l'heure c'est l'heure, mais sa fille c'est sa fille. Alors il ne dit rien. Éric le patriarche, fils d'un riche industriel lillois, est le fondateur d'une entreprise de textile qui fabrique et vend des draps-housses. Rien d'enivrant, mais lucratif.

Comme dans une pièce de Feydeau, la mère de Louise sort de la cuisine et fond sur eux, le pas sous contrôle, le sourire légèrement crispé. Françoise est une femme un peu ronde aux cheveux blonds, en brushing, qui semblent flotter au-dessus de ses épaules. Ses petits yeux couleur noisette fusillent du regard son mari et ses lèvres fines esquissent un mouvement pincé. Elle est prise d'une exaspération étriquée :

— Mon chéri, tu étais supposé surveiller le gâteau, il a brûlé, il est immangeable !

Silencieux, Adrien assiste à la scène. Elle se tourne vers lui et sourit :

— Bonjour Adrien, nous sommes très heureux de vous rencontrer. Je suis désolée nous n'aurons pas de dessert aujourd'hui, j'espère que vous aimez les yaourts.

Adrien se demande si elle parle sérieusement ou si c'est une plaisanterie. Il feint de rire. Le patriarche est touché dans son égo. Il se rebute brièvement, laisse percevoir un état de colère contenu, marmonne entre ses dents et temporise. Ils sont tous les quatre debout dans l'entrée, en suspens. À travers l'embrasure de la porte, Adrien perçoit le gâteau cramoisi qui trône fièrement sur la table de la cuisine.

Les parents de Louise sont ensemble depuis plus de trente-cinq ans. Rien ne les a jamais séparés. Pas même un week-end. Françoise, mère au foyer, a arrêté de travailler à la naissance des jumeaux pour se consacrer à leur éducation pendant que son mari faisait tourner bravement les affaires.

Depuis que les enfants sont partis, les chambres se sont désespérément vidées, à l'exception de quelques rares samedis par mois. Pour combler ce vide, ils restent peu chez eux, passent la moitié de l'année dans le sud et voyagent beaucoup. Mais il n'y a pas d'inquiétude à avoir : une fois mis sur orbite, leurs chérubins reviendront chercher la bise du Nord. Tôt ou tard, ils rentreront avec des petits-enfants sous le bras et le cycle recommencera. C'est un cycle immuable que les nombreux tourments de notre époque ne viendront pas perturber.

En attendant, Françoise se consacre pleinement à sa maison, à l'entretien de leur résidence secondaire près de la Croix-Valmer et à la programmation des voyages familiaux. Un calvaire lorsqu'elle a trop de choses sur le feu, elle se sent alors totalement débordée. Éric et Françoise ont trois enfants : deux filles et un garçon. C'est le choix des rois avec un numéro complémentaire. Il y a Louise l'aînée, Capucine de cinq ans sa cadette et Amaury le frère jumeau de Capucine, l'autre homme de la famille, tout juste fiancé avec Mathilde qui vient, elle aussi, du Nord. Les deux ingénus se connaissent depuis toujours. Amaury est d'abord sorti avec la meilleure amie de Mathilde dont il était raide amoureux. Et un soir, par la magie d'un jeu de chaises musicales, il l'a quittée, au Touquet, entre deux bières, un peu ivre, sans faire de vague, pour aller se poser tranquillement sur une autre branche familière, Mathilde. Leur mariage sera un rendez-vous mondain où les parents se couvriront d'éloges, rassurés de voir que leurs progénitures ne sont pas tombées trop loin du nid familial.

Alors que le gâteau se remet peu à peu de ses émotions, l'ambiance s'apaise. Françoise, encore un peu agitée, invite cordialement Adrien à aller dans le salon. La pièce est tapie d'une moquette blanc cassé immaculée. Par acquit de conscience, Adrien vérifie discrètement si ses semelles sont propres. Le feu crépite dans la cheminée avec, à sa droite, une grande bibliothèque, ornée d'objets de décorations et de quelques livres. Ils sont comme neufs, prêts à la vente.

Sur l'étagère centrale est posé un cadre montrant Éric en tenue de golf. À côté, trois photos de leurs vacances à Saint-Tropez affichent la famille, tout sourire, sur la plage de Ramatuelle devant une mer bleu azur et des yachts qui cachent l'horizon. Les clichés ont été pris exactement au même endroit, à la même date, le 12 août à 14 heures, trois années successives. Seule la couleur de leurs maillots de bain a changé. Ces photos provoquent chez Adrien un profond sentiment de réconfort. Il se sent étrangement protégé et rassuré par cette stabilité. Tout semble si parfait, c'est une allégorie du bonheur immuable. Il repense à Baudelaire dans *L'invitation au voyage*: « Là tout n'est qu'ordre et beauté, luxe, calme et volupté ».

Éric a sorti une bouteille de champagne. La venue d'Adrien n'est pas encore une fête mais c'est déjà un premier instant marquant. Un premier contact avec le clan. Ils s'installent dans un mouvement synchronisé sur le canapé. Parfaitement alignées sur la table basse, Françoise a disposé six flûtes à champagne et une bouteille de Veuve Clicquot. Elle allume une cigarette qu'elle aspire frénétiquement. Éric lui emboîte le pas. Leur nervosité, contenue, transparaît à chaque bouffée. Des volutes de fumée embaument la pièce et flottent, menaçantes, au-dessus du couple.

L'assemblée se lance dans une conversation cordiale, bienveillante, où chacun s'observe du coin de l'œil. Adrien est scruté, les parents reçoivent avec curiosité celui qui s'est installé durablement dans le cœur de leur fille. Progressivement, les protagonistes s'enfoncent un peu plus dans le divan, quelques rires s'échappent comme des bulles d'air. Pour que la fête soit vraiment complète, ils attendent Amaury et Mathilde, qui ont passé la soirée chez les parents de Mathilde. Ils doivent rappliquer d'une minute à l'autre, tout droit de Belgique. Ils ne sont qu'à un jet de pierre, juste derrière la frontière. Le père de Mathilde y a acheté, après avoir fait fortune, une très vaste et confortable bâtisse avec tout ce qu'il faut pour être heureux : piscine, tennis, un grand jardin tondu au cordeau et un barbecue au gaz. Il veut faire construire une maison flambant neuve, juste à côté, pour le jeune couple, quand ils auront un enfant. Et il envisage de faire la même chose avec leur propriété en Corse à l'aide des économies faites grâce aux largesses fiscales du plat pays. Ce soir, ils avaient une réunion de famille pour organiser le projet de construction en Belgique.

La soirée prend une tournure chaleureuse, grâce au champagne peut-être. Louise et Adrien sont euphoriques. Ça colle parfaitement. Adrien voit Louise faire des bonds dans le salon. Aujourd'hui, c'est la jonction entre deux amours essentielles. L'amour familial et le leur. Elle sent un espoir grandir, qui n'est encore qu'une petite pousse à ce stade. Le début d'une histoire vraiment solide et durable. Elle commence à se projeter, à imaginer d'autres réunions de famille et d'autres célébrations où ils seront réunis comme ce dimanche. Louise avait attendu impatiente et fébrile l'arrivée d'Adrien. Jamais auparavant elle ne leur avait présenté un homme officiellement. Elle a des papillons dans le ventre. Elle ne lui a pas reproché d'avoir voulu brûler la nuit à Paris avant de la rejoindre. Elle a confiance.

*

Louise présente la solidité attendue des aînées de famille. Elle joue ce rôle de manière consciencieuse. Elle est le pilier de la famille. Elle en charrie son secret : un événement tabou, un fardeau qui lui a été légué et dont ses parents ne voulaient plus entendre parler. Un épisode douloureux. Ni sa mère ni son père ne l'ont plus évoqué. Ils ont demandé aux proches de le passer sous silence. Les jumeaux n'ont jamais su ce qu'il s'était produit, elle en est la seule gardienne. Louise l'a enfui loin dans son subconscient. Ça l'a rendu maladivement maniaque. Petite, elle avait besoin de tout ranger, nettoyer et enfouir. Et gare à qui déplaçait un objet dans sa chambre ! Elle, la petite fille si calme et posée, basculait alors dans une colère noire, hurlant à gorge déployée. Alors on l'a envoyée voir un psy, et le problème du rangement a été réglé.

Pour les jumeaux, Louise c'était la référence, la grande sœur sur laquelle ils pouvaient compter. Elle portait sur ses épaules la responsabilité d'être l'aînée. Ça lui plaisait. Louise, c'était aussi la bonne camarade de classe, dynamique, rigolote et espiègle. Celle qui aimait planifier des jeux de société, des anniversaires-surprises et des activités entre copines. En été à la Croix-Valmer, elle ordonnançait de grands ambassadeurs avec son frère, sa sœur, les parents, les amis de la famille et ses copains. Des éclats de rire fendaient le chant des cigales. Elle s'était forgée des liens solides et durables avec ce qu'elle appelle aujourd'hui son « clan ». Cette bande-là s'aime vraiment. Avec son visage d'ange, son écoute miséricordieuse, son caractère alcyonien et sa malice, son entourage dit d'elle qu'elle est une « gentille ». Louise déteste ça.

Elle a traversé sa scolarité sans embûche. Élève moyenne dans une école moyenne, elle était nulle en maths et bonne en français. Elle faisait le mur, piquait en cachette les bouteilles de bière de son père, avait des fréquentations peu recommandables et des prétendants qui débarquaient en l'absence des parents. Elle était parfois privée de sorties, allait à des boums en scooter, aimait se grimer et se déguiser, danser sur des tables, embrasser quelques garçons, crier « Patriiiick » au concert de Bruel, comme d'autres générations avant elle. Elle voyageait avec ses « cops », et est finalement entrée à l'EDHEC de Lille.

Elle y a connu sa première et seule vraie histoire d'amour avant Adrien. Elle était responsable de l'association du bureau des élèves où elle gérait une communauté d'amis (ce qu'elle préfère), imprimait des T-shirts au nom de l'école, coordonnait d'innombrables activités et organisait des soirées. Louise, la fêtarde, aurait été une parfaite boyscout. Au fil de cette jeunesse bourgeoise, « l'événement » s'est fondu petit à petit dans l'air du temps pour se terrer dans les profondeurs de son être. Et elle est devenue cette femme insouciante, bienveillante et ancrée que Adrien connaît.

*

Le temps, la confiance, et l'amour ont permis à Adrien de s'ouvrir à un nouveau mode de vie, celui d'un quotidien partagé et des rituels simples du couple. En rentrant le soir, Louise lui raconte ses journées ordinaires avec son lot de doutes, d'espoirs, de petites ambitions. Autant de minuscules étoiles à décrocher au jour le jour. Elle s'emporte parfois, quand il s'agit de lancer de nouvelles campagnes marketing, s'inquiète du succès de la prochaine soirée Guerlain ou s'énerve si un projet est reporté. Elle lui fait part de ses gentilles aspirations, de ses questionnements et de son espoir d'être augmentée. Des confessions qui ont lieu alors que chacun s'affaire à ses tâches ménagères, ses modestes obligations, les factures, les courses, la cuisine, l'aménagement de l'appartement et le ménage. Louise a un toc : elle est maniaque, elle ressent un certain plaisir à nettoyer et récurer. Une forme de plénitude l'envahit à l'idée même que tout soit propre. Comme dans son enfance.

Adrien aime dresser une jolie table le soir et cuisiner en testant de nouvelles recettes piochées sur internet. Puis vient son tour de se répandre. Il lui raconte ses journées, ses chantiers, ses doutes et ses envies. Il est heureux de se confier à une oreille accommodante, aimante, une compagne de route. C'est un mouvement. Une danse à deux. Une vie rythmée comme du papier à musique. Une mise à l'abri des tourments et tortures de l'inconnu. Adrien et Louise s'y abandonnent pleinement, enfouissent leurs souffrances, et mettent fin à leur solitude. Ils y prennent goût. Avec le temps, leurs sens s'endorment. Adrien a pris deux, trois kilos qui se sont logés dans son bas ventre. Cet embonpoint symbolise une assise et une tranquillité enfin trouvée. Louise se maquille un peu plus vite et s'apprête un peu moins souvent. Ils partagent une vie suave, mais qui s'accélère quand se profilent les projets de vacances. Des voyages lointains et des week-ends à la campagne. Une vie qui ralentit à nouveau quand sonne la fin de la récré, la fin des vacances, la fin redoutée du week-end, et la cruelle mélancolie du dimanche soir. C'est pour eux un soulagement d'être à deux pour passer ce cap impitoyable.

Les tourtereaux sont heureux dans l'appartement qu'ils louent ensemble. Ils avaient immédiatement été séduits par l'annonce : « Appartement dans immeuble haussmannien de standing, troisième étage avec ascenseur, parquet au sol, cheminée, tout confort, entrée, double séjour, deux chambres, soixante-cinq mètres carrés, 1950 euros par mois hors charges ». Un lieu recherché comme une perle rare après leurs six mois d'amour. Une étape essentielle. Un port d'attache. Adrien aime cette sensation d'apaisement dans leur refuge. La douceur de sa femme l'embastille dans ce cocon d'amour.

Adrien et Louise rient beaucoup ensemble. Ils sont complices. Régulièrement, ils font ce constat étourdissant d'avoir des envies semblables. Ils se disent que c'est bon signe. Ça les tranquillise. Ils sont amoureux, amants et amis, le trio du bonheur pour un couple. Quand ils ne sortent pas, ou lorsqu'ils n'organisent pas de dîner à la maison (Louise adore recevoir des gens), ils regardent un film à la télévision. Ils le choisissent lors d'un consensus. Une entente commune. Un instant de divertissement. C'est un moment d'union, installés confortablement, comme des animaux de compagnie, collés au fond du canapé. Mais ils aiment aussi sortir, aller au restaurant, au cinéma et voir des expositions. Ils sont beaux ensemble. C'est ce que leur dit leur entourage. Adrien passe de plus en plus de temps avec Louise et ses amis, et il délaisse un peu plus les siens. Il rentre dans sa bande. De temps à autre, il se surprend à vouloir la demander en mariage. Il ambitionne de vivre comme ceux qui, avant lui, se sont lancés dans cette voie-là. Cette nouvelle aventure lui tend les bras. C'est un nouveau champ des possibles. Charnellement, ils ont appris à se mettre au diapason. Certains soirs, entre deux pulsions sexuelles, s'est immiscée une aspiration secrète, voire inconsciente, le désir d'avoir un enfant et donner corps à leurs ébats amoureux. Alors qu'Adrien lui fait l'amour, il ressent une sensation étrange et pénétrante, presque œdipienne. L'envie de devenir un père tout puissant s'éveille en lui comme l'éruption d'un volcan qu'il croyait endormi. Un désir enraciné depuis l'enfance qui s'éveille à l'heure de la fécondité. Un élan de vie. Une soif d'immortalité le capture parfois quand il s'abandonne en elle. Mais il n'en parle pas. Il garde ce désir pour lui, refrène provisoirement ce qu'il vit comme une impulsion clandestine et prématurée, happé par la soif de poser les bases d'un amour durable. Le temps de leur amour s'inscrit dans l'infini. Inutile de se presser. Ils déploient encore pleinement leurs ailes du désir. Les raisons de temporiser sont nombreuses. D'abord le mariage et ensuite les enfants. Ils sont jeunes et contrôlent leur destin, pensent-ils. Adrien est encore en lévitation pour l'instant, mais il le sait : sa demande lui pend aux lèvres.

L'invitation au voyage

4 mois, 10 jours après le jour 0

Louise est partie aux aurores pour Lille. Elle avait un besoin viscéral de retrouver son cocon familial pour y puiser des forces nouvelles. Retrouver ses racines, son enfance, une vaste étendue où elle surmonte les épreuves comme autant de mauvais rêves. Sa famille, c'est sa tanière, elle s'y sent en sécurité. Elle y va pour écouter la vibration juste, une voix familière, celle des premières heures après sa naissance. Une voix douce, mais qui fend le silence quand il s'agit de remettre les choses à leur place. Une voix qui lui veut du bien, envers et contre tout. La voix maternelle. Il lui faut retrouver ce lien parental, emporté parfois, aimant toujours. Un lien qui endure tout. Un amour vrai, absolu, évident, un amour qui s'offre sans rien attendre en retour. Elle l'a cherché dans toutes ses relations. Louise se sent perdue, peut-elle encore vivre cet amour-là avec Adrien ? La force de l'amour parle réellement lorsqu'elle cesse d'être la seule expression du cœur, et qu'avec le temps et les épreuves, elle devient avant tout celle de l'âme.

Adrien est couché, plongé dans un demi-sommeil. Logé au fond de son lit comme une balle, il a attendu un signal, un bruit, celui qui suit les cliquetis lointains de talons féminins dans la cage d'escalier. Une sonnerie, courte, légèrement à l'étouffé, un « clic » un peu plus lourd et, enfin, un bruit de claquement de verre et d'acier. Le signal indiquant que Louise a quitté l'immeuble, qu'elle a franchi la première étape de son itinéraire et qu'il est à présent improbable qu'elle fasse demi-tour. Elle a eu le temps de se poser les bonnes questions : « J'ai bien mes clefs, mon portefeuille, mon billet ? Oui c'est bon, il faut que je fonce pour ne pas rater mon train. » Adrien peut alors enfin se mettre en ordre de bataille.

Il a dormi d'un sommeil où le monde des rêves se confond avec le monde des vivants. Il a gambergé et s'est refait tous les scénarios. Il pense à elle. Il est impatient de la retrouver. Il sent son cœur qui frappe à un rythme effréné. Son bras droit s'étend dans la pénombre. Il agrippe son téléphone sur la table de nuit. Couché, il le tend haut devant lui et laisse filer les noms de son répertoire. La lumière blanche éclaire son visage et l'éblouit. Ses yeux se plissent. Il essaie de rendre l'image plus nette. Son pouce bloque ce défilé de lettres d'un coup sec sur un prénom précis, il lui semble doux et sonore, *Flore*. Il se répète le prénom dans sa tête et le sonde pour sentir comment il résonne. *Flore*… C'est un murmure elfique au cœur d'un rêve.

Ce prénom, il l'avait enregistré dans l'anarchie de la nuit qui suivit le vernissage. Une prise qu'il doit à Geoffrey. Il lui avait livré son numéro ivre, en riant : « Sacré Adrien, décidément tu ne changes pas ! ». Cet épisode s'est effacé de la mémoire de Geoffrey. Son cerveau avait la tête ailleurs. Il était déjà aux prises avec sa vodka tonique et une jeune femme seule affalée sur le bar, dos courbé, coudes écartelés. Une proie facile, qu'il ne fallait pas laisser filer, qu'il allait choper avant qu'elle ne se retourne et s'enfonce titubante dans la masse.

Flore s'est installée en fond de cale du restaurant *Le Bonaparte*. Il la distingue à travers le va-et-vient des serveurs. Elle est plongée dans sa lecture. Son regard se lève. Elle le voit. Il s'assied à sa table. Elle range son livre brusquement dans son sac à main de manouche. Tout y déborde. C'est le sac de Mary Poppins. Il est peuplé de livres, d'une pierre de cristal, d'un bracelet œil du tigre, d'un très vieux plan de Paris version poche et sa fameuse couverture bleue, d'une pince à cheveux noire, d'un pendule, d'une pierre azurite, de trois cahiers Moleskine pour faire des esquisses, de crayons et de stylos, de mouchoirs en papier, de son téléphone portable, d'un énorme trousseau de clefs, d'un vieux foulard marron et de deux portefeuilles. Pourquoi deux ? Lorsque son téléphone sonne, elle plonge sa tête dans les profondeurs de cet océan, ses deux mains remuent cette besace comme un animal qui retourne la terre.

Flore lui sourit, Adrien s'assied en face d'elle.
— Bonjour Adrien, je suis très heureuse de te voir.
— Moi aussi très heureux, ravi même.

La conversation s'installe, elle l'interroge sur sa semaine, le fusillant avec ses immenses yeux bleus. Adrien vacille, répond maladroitement. Sa voix ne porte plus, il ne finit pas ses phrases et il bute sur les mots. Il cherche à inverser le courant :

— Je n'aime pas beaucoup parler de moi. Tu sais, j'ai regardé attentivement tes toiles au vernissage. J'admire ton travail, je trouve tes peintures puissantes. Il s'en dégage, je pense particulièrement aux portraits, une force, une dimension…
— Lumineuse ?
— Oui, c'est ça. Lumineuse, très exactement.
— Ah oui, je vois.

— Tu vois quoi ?
— Rien… Ce qu'elles viennent toucher en toi…

Flore évoque avec passion ces grands auteurs qu'elle affectionne et qui l'inspirent. Des « classiques », qu'il n'a pas assez lu, ou mal, ou trop vite, ou trop jeune. Hugo, Kipling, London, Hesse, Gary, Saint-Exupéry, Kessel. Et lui raconte ses voyages dans des pays lointains : Namibie, Nouvelle-Zélande, Iran, Afghanistan, Inde. Elle parle aussi de ces photographes qui percent l'âme, Irving Penn, Reza Deghati et Françoise Huguier, et de l'aspect mystique de leurs photos. Il absorbe ses paroles et découvre un nouvel espace à explorer. Adrien a le sentiment que Flore peint comme elle prie, pour toucher un absolu. Elle est une respiration nouvelle dans sa vie étriquée. Flore qui a parcouru les lieux les plus reculés du monde reprend.

— En allant à la rencontre des dernières tribus traditionnelles ou dans les bidonvilles d'Inde ou du Brésil, j'ai avant tout rencontré des femmes et des hommes au regard perçant. Et c'étaient invariablement les mêmes. Des regards droits, profonds, fiers et célestes comme il en existe peu chez nous. J'ai eu le sentiment que la beauté était là, dans leurs yeux. J'y voyais des galaxies, une matière noire, un infini. Ces hommes et ces femmes sont en contact direct avec la terre. Leur joie, celle que je cherche dans mon travail, vient, selon moi, du regard qu'ils posent sur la vie. Certains n'ont rien, ou ont tout perdu, ils vivent dans la misère la plus totale et pourtant ils sourient. D'un sourire vrai. Leurs yeux magnifiques sont rivés vers la beauté du ciel, le mystère de la vie. Ils la voient partout. C'est ça que j'essaie de peindre, c'est là que se trouve, je crois, une part de notre humanité. Voir, admirer, et s'imprégner de la beauté de ce qui nous entoure, l'aimer, même au cœur de l'ombre.

Son flot de paroles est fluide. Flore appuie sa pensée, elle met un enjeu dans chacun des mots qu'elle prononce. L'articulation est claire, nette, l'allure est soutenue. C'est un élan. Ce qu'elle dégage, sa quête, répond aux sensations enfouies d'Adrien, à ses rêves d'enfant. Une part de lui remonte à la surface de sa conscience.

Leurs yeux sont à présent des métronomes, ils n'arrivent pas à se poser, ils se cherchent. Ils marquent la pulsation de leur cœur. Graduellement, le tempo se ralentit, puis ils se trouvent, se fixent. Flore est silencieuse.

Plus rien ne bouge. Pas un atome, rien. Tout est à l'arrêt. L'intensité s'installe, les emporte, les pousse à se taire, à laisser parler leur âme dans un silence qui arrête le temps, qui efface l'espace, et le réduit à ces deux silhouettes, à cette petite table, rien de plus. Seuls, exilés. Le silence pétille. La salle est floue et il ne reste rien d'autre que ces deux êtres qui se racontent. Deux âmes qui se sont cherchées dans cette vie et puis, dans d'autres, très certainement. Leurs cœurs se relâchent, enfin, c'est la fin d'un long combat, d'un exode, d'une longue quête. La fin d'une séparation.

Une fraction de seconde, Adrien baisse les yeux. Il pense à Louise, le charme se rompt. Il se rappelle ce qu'ils ont traversé ensemble. Il se sent coupable et minable d'être ici avec Flore. Le serveur vient en sauveur prendre la commande.

— Un verre de rouge, s'il vous plaît.

— Et un deuxième pour moi.

C'est une respiration de très courte durée. Flore plonge à nouveau son regard dans le sien, il est harponné. Il ne peut plus esquiver, il sent que Flore sait. Il n'a aucune idée comment, ni par quel biais. Est-ce Geoffrey le lui a dit ? En tout cas, elle sait. Il le sent dans son attitude, dans la tension entre eux. Flore est au courant pour Louise, leurs échecs, leur couple en perdition, le vide en lui. Elle semble tout savoir sur lui. Elle le scrute et voit clair dans son jeu.

— Flore, il faut que je te dise, je sors, enfin nous vivons une période très difficile en ce moment et ça depuis plusieurs mois. Avec ma femme, nous n'arrivons pas à avoir d'enfant. C'est à cause de moi. Nous avons tout essayé… Mais j'ai l'impression que tu le sais déjà.

— Je le savais avant de venir. Je suis vraiment désolée

pour vous, ça doit être une épreuve très difficile pour elle comme pour toi.

S'ensuit un long silence.

— Adrien, j'ai le sentiment de te connaître depuis très longtemps.

Elle s'arrête. Adrien se dit qu'elle a raison, oui, ils se connaissent depuis longtemps. Il est parcouru par un sentiment diffus. Il perçoit l'immense fragilité de Flore. Il le voit dans sa façon de rider les yeux parfois, ils laissent s'échapper furtivement sa détresse. Son corps est tendu comme un arc, aride, terre humaine qui a soif de vie, un corps chargé de souffrances. Il aimerait lui tendre la main pour l'apaiser. Derrière toute cette intensité, cette urgence de ne pas parler pour ne rien dire, il y a une blessure restée à vif. C'est une femme en sursis. Une femme qui s'est forgée dans ses épreuves personnelles. Elle doit chercher ailleurs ce qu'elle n'a pas encore tout à fait trouvé en elle. Flore est en quête de joie dans tout ce qu'elle approche, étudie, photographie, peint. La joie qui jaillit du cœur et au-delà de la souffrance. C'est sa quête. Sa vie. Mais elle n'a pas confiance en elle. Elle craint d'être abandonnée.

Flore est le reflet d'Adrien au féminin. Son alter ego. Une image fragmentée de lui-même. Elle est la dépositaire d'une parole qu'Adrien aurait oubliée depuis toujours, une part de son inconscient.

Les yeux bleus de Flore perforent Adrien. Il esquisse un sourire. Ils ressentent une fraternité intellectuelle, spirituelle, une accointance indéfinissable. Ce qui devait être un simple déjeuner dans un restaurant du cinquième arrondissement de Paris prend une tout autre ampleur. Il a le sentiment de voyager dans l'admirable. Au sens propre. Sa perception même de l'instant change. Tout est digne d'être admiré. Le Bonaparte a des allures d'un restaurant d'une autre époque, le vin est soudainement parfumé par la terre, la lumière qui s'invite à travers la vitre devient divine, les serveurs sont les figurants d'un roman. La poésie naît avec le regard de l'autre. Il accède à une nouvelle dimension, un lieu, un son, une musique, un mot, un geste, tout devient sublime.

Leur rencontre dans la galerie l'a invité à vivre l'irréel. Adrien retrouve la source de l'être, l'élan primordial de l'enfance sans voile. L'émerveillement, l'enchantement des choses simples. L'éclat de la vie s'étend à nouveau dans un rêve. Un fantasme. Il est au seuil de son odyssée onirique.

L'alliance

6 ans avant le jour 0

Depuis un mois, le printemps redonne progressivement vie à la nature. Pour gagner du temps, Adrien a pris deux billets pour Marrakech. Là où le printemps a déjà mis une parure d'été. Une pointe d'exotisme à quelques heures à peine de Paris. Ils resteront trois jours dans le cœur de la médina, à deux pas de la place Jemaa el-Fna, avant de partir dans le désert.

Les cris des muezzins résonnent à l'aube dans leur chambre et réveillent les amants dont les corps sont scellés l'un à l'autre. Dès le matin, ils partent à la découverte de la place la plus connue du Maroc. Elle est le cœur battant de la ville qui draine les touristes dans les artères des souks. Ils se font alpaguer par les commerçants : « Schouf, schouf, mon ami, des babouches pour la gazelle, pour le plaisir des yeux. Pour toi je fais un très bon prix. Soyez les bienvenus ». Ils déambulent dans les ruelles recouvertes de toits de paille et de bois qui laissent percer des rayons de lumières mystiques. Ils sont portés par la légèreté que procure la complicité d'un couple à son zénith. Adrien aimerait accélérer le séjour. Il imagine déjà les mots qu'il lui déclamera dans le désert, en haut d'une dune au soleil couchant. Tout est prévu. Il se sent triomphant et marche le port de tête fier et droit. En attendant, il laisse infuser l'amour dans un bain d'oisiveté et de distraction. Voyager et faire transhumer le cœur pour le rendre plus tendre qu'il ne l'a jamais été et qu'il puisse se vouer pleinement à l'autre.

Le quatrième jour, ils changent de décor et échappent à l'effervescence de Marrakech pour écouter le silence du désert de Zagora. Une porte sur l'infini. Adrien y a réservé deux nuits pour inviter les étoiles à être les témoins de son élan. Un guide touareg les embarque. Il roule tambour battant avec sa Toyota grise. Alors qu'ils s'éloignent du village de Zagora, la végétation se raréfie, il ne reste bientôt que quelques acacias parsemés au hasard, au milieu d'un paysage aride. Le pilote quitte à présent la route et s'engage sur la piste. Ils traversent une mer de petites dunes, puis un désert de pierres, plat, dur, rocailleux, sans charme avec au bout, en ligne de mire, comme un mirage, des pyramides de sables majestueuses qui se profilent. Le désert est multiple. Ils pénètrent dans ces vagues jaunes. Ils sont jetés comme leurs valises d'un côté à l'autre de la voiture. Le 4X4 laisse dans son sillage des stratus de sable fin. Le pilote reste silencieux, concentré, sa voiture semble naviguer. En fond sonore, il fait tourner en boucle *A vava inouva* d'Idir, un chanteur kabyle. Sa voix perce l'horizon.

Louise observe le chauffeur dans le rétro. Son chèche laisse paraître ses yeux noirs. Il a la peau mate, écailleuse, endurcie par le vent et le soleil. C'est un homme fier et taiseux. Louise le trouve beau et envoûtant.

Arrivés au campement, ils prennent le traditionnel thé de « bienvenue » et s'installent dans la *khaïma*. Une tente traditionnelle, tissée en poils de chèvre, de mouton ou de dromadaire. La *khaïma* représente la famille et symbolise la fécondité... Un toit plein de promesses, en somme.

Adrien est pris par une pointe d'excitation et d'appréhension. Louise ne se doute de rien. Rien ne vient perturber sa constance. Adrien fouine au fond de sa valise. Il cherche la bouteille de champagne, enveloppée dans du papier de soie, attendant sagement son heure de gloire. Il déroule son plan. Il veut que tout soit parfait. Il saisit Louise par le poignet.

— Viens, allons voir le coucher de soleil.

— Adrien, d'où vient cette bouteille de champagne ? Où l'avais-tu cachée ? C'est moi qui ai fait les valises ! Comme d'habitude, d'ailleurs.

Elle le suit, elle sourit à pleines dents, joyeuse et légère. Arrivés en haut des dunes, un océan de sable s'offre à ceux qui prennent le temps de l'admirer. Une étendue jaune qui court à l'infini. Autour d'eux, c'est un silence assourdissant, un silence qui fait siffler les oreilles. Ils écoutent le paysage. Le soleil d'un jaune transparent est suspendu au-dessus du sol. En sursis. À l'arrêt. Il s'apprête à glisser en un seul mouvement vers la terre, irrésistiblement. Adrien ouvre la bouteille. Louise se laisse surprendre par le bouchon qui vole, accompagné d'un bruit sourd. Le champagne crépite et coule comme de la sève le long du goulot. Son regard s'éveille, il est en attente de quelque chose, il pétille de bonheur. Ses rêves de petite fille ressurgissent en l'espace d'un instant. Le prince charmant, Cendrillon, un baiser d'éveil, la demande en mariage. Tremblant, Adrien lui sert un verre et remplit le sien. Il voit que ça se bouscule dans la tête de Louise. La bague de fiançailles, la robe en soie blanche, ses témoins qui pleurent, l'arrivée très solennelle dans l'église accrochée au bras de son père, les femmes « enchapeautées » qui commentent sa robe à voix basse, l'échange des consentements, le photographe qui immortalise le moment, et le baiser sur le perron de l'église, le bras droit tendu vers le ciel dans une pluie de confettis. Elle trempe ses lèvres dans son verre. Son cœur s'arrête, elle ne le quitte pas des yeux. Adrien la regarde, ses pupilles brillent. Il gonfle ses poumons de toute son ardeur.

Il rassemble ses idées, il est intimidé. Ça y est, le soleil chute comme une pierre dans un horizon de poussière. Sa demande en mariage également. Noir, le rideau se lève. Elle lui dit oui, pleure de joie, sèche ses larmes du revers de la main. Adrien réalise que sa vie bascule dans une autre étendue. Son corps se défait, il est parcouru d'un courant d'extase. Il exulte et visualise la suite. Il sent une goutte fraîche ruisseler sur sa joue droite, lentement. Une larme et le rêve qui se réalise. Dans un an, il sera un homme bagué.

D'ici là, leurs parents se rencontreront. La mère d'Adrien monopolisera la conversation, comme toujours, faisant les questions et les réponses. Son père lèvera ses yeux vert-de-gris au ciel, atterré de n'avoir jamais réussi, tout militaire haut gradé qu'il soit, à mettre sa recrue au pas. Il sera en retrait, mais à l'écoute, en observation, avec une pointe de bienveillance mais n'en pense pas moins. Les parents de Louise souriront, gênés, ne sachant pas comment réagir face à un tel volcan en éruption constante qui n'arrête pas de parler. Après s'être quittés poliment, chacun des couples fera l'audit de l'autre sur la route et ensuite dans la salle de bains, en se lavant les dents, parlant le dentifrice plein la bouche pour ne pas perdre le fil de leurs pensées, jusque dans leur lit à voix basse pour que personne ne les entende.

Viendra le temps de l'organisation avec son lot de tensions, de rapports de forces et de désaccords. Le choix de l'église, la décoration florale, le nombre d'invités, le choix du traiteur, la date, les horaires, le lieu, les plans de table, la répartition de la famille, des amis, le nombre de vieux et de jeunes. La crispation atteindra son apogée la veille du mariage. Les familles se recroquevilleront comme des escargots le temps d'une dernière nuit avant le grand relâchement. Ce sera un *Roméo et Juliette* revisités. Une ambiance clanique, avec le couple Adrien et Louise au centre de l'échiquier. Puis, le jour J, la tension se relâchera d'un seul coup. Ce sera l'union sacrée. Les serviettes tournoieront en l'air à l'arrivée des jeunes mariés dans la tente de mariage. Les pères s'étoufferont d'éloges mutuels, retraceront le parcours de vie de leurs enfants et finiront avec un « … sache que nous sommes très heureux de t'accueillir dans notre famille. Et surtout nous espérons que vous nous ferez de nombreux petits enfants ». Les amis se répandront dans des discours d'amour vache et fêteront les derniers instants d'insouciance du jeune couple. Louise et Adrien feront l'amour, ivres d'amour et d'alcool. Ils partiront en voyage de noces dans un pays exotique, à Bali au milieu des rizières ou au Sri Lanka. Tant que c'est au soleil et loin.

La suite, ils croient la connaître. Ils réussiront leur carrière professionnelle, tâcheront d'augmenter leur pouvoir d'achat et chercheront un nouvel appartement pourvu d'une chambre supplémentaire, une chambre d'enfant. Ils pourront y construire leur avenir, inviter leurs amis pour refaire le monde. Arrivera le jour tant attendu, dans ce parcours tracé, où ils auront un enfant. Il annoncera déjà le deuxième et pourquoi pas un troisième. C'est la vie qui leur est vendue et promise, aussi loin que leur mémoire d'adulte s'en souvienne. Adrien croit en leur capacité à sublimer la vie et il aime Louise. Louise se rappelle leur dîner ensemble en face du Louvre, et le sentiment de sécurité qu'elle a ressenti dans les bras d'Adrien ce soir où ils avaient fait l'amour pour la première fois.

Elle vient se blottir contre lui. Les premières étoiles percent, ce sont autant de minuscules touches lumineuses dans l'obscurité. Dans cette nuit étoilée, leur horizon est dégagé.

Le cyclone

4 mois, 20 jours, après le jour 0

Flore est dans son atelier, seule, crâne, debout face à sa toile. Une vaste étendue plane et quasiment immaculée. Quelques rares traits de crayon en cisaillent la surface, une esquisse. C'est tout juste un travail préparatoire. À côté du chevalet, la photo d'un *peshmerga*, yeux verts, turban sur la tête, c'est lui qu'elle va portraire. Elle se tient droite, dans ce gourbi baigné de lumière. La vaste baie vitrée caresse le ciel. Son ombre est couchée sur le parquet blanc tacheté des couleurs qui se sont échappées prématurément de ses pinceaux. Son front est plissé, son regard profond, des mèches blondes tombent sur son visage. Elle semble s'apprêter à décocher un trait d'un geste fulgurant qui s'élancera sans prévenir, une contorsion qui peut partir à chaque instant. L'image se précise. Elle la visualise, elle ressent l'émotion « juste » qui la traverse. C'est un courant électrique. Elle ressent un rythme, ses membres s'apprêtent à suivre cet élan. Son bras droit tient un pinceau plat, marque Royal & Langnickel, il est levé comme une baguette de chef d'orchestre. Elle est comme dans *Edward aux mains d'argent*. Une mélodie s'échappe des enceintes posées par terre, reliées à son téléphone portable, à côté de son sac manouche entrouvert. Une musique remplit la pièce, c'est la *Mazurka No.47 en A mineur* de Chopin. Elle, la toile, Chopin et Adrien.

Il se tient dans l'entrée et la regarde silencieux. Flore a laissé la porte entrouverte. « Passe vers dix-sept heures trente, monte sans sonner, voilà le code : 32B53, dernier étage, la porte en face de l'escalier. Ce sera ouvert, inutile de me prévenir, à tout à l'heure. Je t'embrasse ».

Adrien l'observe, elle peint comme il l'avait imaginé le soir du vernissage. Elle ne l'entend pas, lui ne sait pas quoi faire. Alors il attend. Elle esquisse un nouveau geste, son bras s'avance. Il ne bronche pas. Et d'un coup, d'un seul, son bras retombe, son corps se relâche, elle se retourne comme un automate. Elle lui lance un regard, le même qu'au restaurant, dense. Motus ! Plus rien ne bouge. Lui avance doucement il ne sait pas trop comment, il n'en a pas conscience, il est aspiré, attiré tout entier vers elle, il se laisse transporter, il ne touche plus terre. Il est près d'elle, vraiment tout près, collé en réalité. Et il y a leurs bras qui s'enlacent, la tête de Flore se pose comme un oiseau sur son épaule gauche. Il l'écrase contre lui, elle le serre fort elle aussi. C'est étrange, ils ne forment plus qu'un. Leurs âmes s'unissent pour se fondre ensemble. Adrien sent un torrent qui remonte jusqu'aux yeux. Il les ferme fort pour contenir ce courant et faire barrage. Il a l'impression de tenir bon, mais rien n'y fait, l'émotion le submerge. Il craque, littéralement.

Adrien fond en larmes. Il ne s'arrête plus de pleurer, il reste scotché à l'épaule de Flore. Son corps fait des soubresauts ridicules, et celui de Flore s'étend tout entier pour l'envelopper. Et lorsque vient l'abandon, qu'ils lâchent prise, au sens propre véritablement, et que tout ça semble se terminer, les deux visages se redressent, s'observent et prennent conscience. Adrien lui souffle : « Je ne sais pas ce qu'il m'arrive, pardon ». Elle sourit. Ils sont si proches à cet instant précis. Leurs lèvres se consultent, se rapprochent précautionneusement, s'effleurent en surface, à tâtons. Chacun semble trop précieux. Puis une force, une main invisible, pousse leurs lèvres vers l'avant, c'est vertigineux, elles se compriment l'une contre l'autre. Les bouches se prennent comme deux cœurs enlacés dans le ciel, les corps se resserrent. Cette fulgurance le surprend, il est projeté au plus profond de lui-même, c'est déroutant, abyssal même. Les compteurs s'agitent sans qu'il puisse en reprendre le contrôle. Son cœur est en désordre. Il ne croit jamais avoir eu cette sensation d'absolu, de plénitude. Ce baiser porte la réminiscence du tout premier. C'est un cyclone. Une découverte. C'est un baiser d'adolescent qui éveille le désir et laisse filer le temps.

Cette sensation lui semble lointaine, indicible, physiquement vertigineuse. Adrien voyage dans une autre dimension. Dans son sommeil, le rêve n'est pas plus loin de lui que le réel. Son épopée dans ses hinterlands se prolonge. Il est bousculé et renoue avec la source du désir. Un relâchement fantasmagorique dans ses années d'épreuves. Laisser respirer l'âme dans un silence, sans schéma, sans autre impératif que céder au lien du cœur et laisser advenir. Un éclat salvateur dans son être endormi. « Que m'arrive-t-il ? » se demande une dernière fois Adrien. Il est en légère apesanteur. Son âme est en pleine éruption. Il s'éveille pour retrouver la réalité et sa femme.

*

Adrien imagine Louise l'attendre dressée devant le plan de travail. Comme à son habitude, elle doit préparer son en-cas : des toasts grillés recouverts d'une fine couche d'avocats écrasés au citron. Généralement, Adrien aime en croquer un morceau lorsqu'elle a le dos tourné. Ça l'agace, il prend un air malicieux, et elle le tape sur l'épaule en le raillant. Elle adore se bâfrer de ces trucs-là, c'est sa madeleine de Proust. Louise se régale sans doute, les yeux rivés sur son ordinateur portable, scrutant les réseaux sociaux et les sites à potins. Elle écoute probablement sa playlist sur Deezer et se dandine gentiment en se projetant dans la soirée cocooning qu'ils passeront ensemble. Elle doit peut-être même chercher des solutions, imaginer des scénarios d'une fécondation in vitro avec un donneur inconnu et pourquoi pas, en dernier recours, l'adoption. Elle s'invente un nouveau sens à sa vie, pour qu'elle puisse s'engager à nouveau pleinement dans son quotidien dans lequel elle tente de remettre un peu d'ordinaire. Louise fait face à leur destin. Dans son étendue, il y a Adrien et leur amour qui est au soleil couchant.

Quand il arrivera à la maison, elle entendra le bruit de la serrure, un bruit d'objet métallique qui trifouille. Il claquera la porte dans son dos, une odeur de pain grillé flottera encore dans l'air et elle prononcera du fond du couloir ces mots d'accueil : « Bonsoir mon amour, tu as passé une bonne journée ? » Elle les prononcera l'air détaché pour souffler sur les nuages qui obscurcissent leur avenir. Des mots banals, des mots de tous les jours, des mots qui le bousculeront.

À l'avenir, Adrien apportera des fleurs parfumées de printemps, des billets pour aller au théâtre, du champagne ou pourquoi pas des dessous chics pour sublimer sa femme. Il est un funambule au-dessus de son impuissance avec en ligne de mire son désir de sauver son couple.

Désir d'enfant

5 ans avant le jour 0

Depuis un an, Adrien et Louise essaient d'avoir un bébé. Leur réalité se profile peu à peu. Louise a arrêté la pilule quelques semaines à peine après leur mariage et elle n'est toujours pas enceinte.

Leur désir d'enfant s'était immiscé de manière concrète dans leur relation, insidieusement, au détour de quelques mots d'amour glissés sur l'oreiller avant de s'endormir, juste avant ou au cœur de leurs étreintes. « Un enfant de toi. Je veux un enfant de toi. De toi. Rien que de toi. Je t'aime. Moi aussi je t'aime. Tu es l'homme de ma vie. Tu es la femme de ma vie. Notre enfant ». Ils voulaient esquisser leur amour mutuel. Fondre l'amour de deux êtres en une éclosion et perpétuer la résurrection de la vie dans un ravissement. Cette projection était jubilatoire. Ils ont eu besoin de prendre à témoin les amis, la famille, au fil des conversations, des déjeuners et des dîners. Il y a eu cette inclination au partage. Adrien se sentait prêt à assumer sa responsabilité. Endosser le rôle de père le rendait fier. Il s'était démené pour devenir un décorateur incontournable de la place de Paris et était enfin stable au niveau professionnel, financier et émotionnel, pour assumer le rôle de patriarche.

D'autant que le chemin a été long pour ce fils, petit-fils, arrière, et arrière-arrière-petit-fils de militaire, tous officiers supérieurs. Alors qu'il s'approchait du moment de son choix de vie, le poids de cette longue lignée avait pesé lourdement sur son adolescence. La carrière militaire était loin d'être celle qu'il entendait privilégier. Mais pour son père la notion « d'être un homme » se résumait à transmettre les valeurs familiales et à assurer une descendance. C'était l'époque où l'officier supérieur des forces spéciales, contraint de quitter les terrains d'opérations, vidé par ce qu'il avait vu, sombrait dans une lente et inéluctable dépression. Accablé, il s'accrochait à ses valeurs qui avaient façonné sa propre éducation. Faire son lit au carré, plier impeccablement ses affaires, mettre des chemises à table, ne jamais interrompre les adultes, se lever avant 8 heures, utiliser les formes de politesse adéquates, et surtout, pour les hommes, aller à

Saint-Cyr. Le monde pouvait se dérober sous ses pieds tant que ces valeurs familiales étaient perpétuées. Une vision du monde qui peut apparaître désuète aujourd'hui mais qui, pour le père d'Adrien, avait de l'élégance et du panache. Pourtant, son fils allait prendre la lourde responsabilité d'être le premier en quatre générations à ne pas se présenter au concours de Saint-Cyr. Adrien n'a jamais aimé l'austérité de la branche paternelle. Il a vu les dégâts qu'une carrière militaire pouvait provoquer chez un homme. Il était en première ligne.

Afin de se désenchaîner de ce poids et assumer son choix, il a pu compter sur l'appui de sa mère. Pour cette femme fantasque, bavarde, toujours élégante, passionnée par son métier d'antiquaire, et libre, rien n'était plus important que le bonheur de son jouvenceau. Catherine a des cheveux roux vénitiens et des yeux de chat. Elle est d'un optimisme combatif. C'est une femme héroïque qui a soutenu et porté à bout de bras son mari tout au long de sa carrière et surtout lorsqu'il partait à la dérive. C'est elle qui a donné à Adrien le goût des antiquités. Bien qu'elle eût tenu à ce qu'il réussisse ses études, elle n'avait jamais réellement saisi le sens du mot « étudier ». « Ça se passe bien à l'école ? Les profs sont gentils avec toi ? Les filles ? Tu as bien travaillé ? » Un simple « oui » à chacune de ces questions suffisait pour clore le sujet et hop, elle l'embarquait avec elle.

Ils ont arpenté les brocantes ensemble, se levaient à 4 heures du matin et allaient au « cul du camion ». L'heure où les brocanteurs sortent leurs bardas de camionnettes défoncées. Laudes des chineurs. Se rendre à une brocante, c'était s'engager dans une course contre la montre. Cette chasse aux trésors est une affaire très sérieuse pour tout marchand qui se respecte, et Adrien a toujours été amusé par ces adultes qui couraient comme des enfants agités d'un stand à l'autre pour décrocher leur Graal. N'hésitant pas à s'empoigner à l'occasion. C'était un autre terrain d'opérations bien plus amusant et innocent que celui promis par son patriarche.

De toute façon, Adrien avait l'esprit trop sauvage pour entrer dans le carcan militaire. Il a grandi à la campagne, dans la maison familiale que sa mère avait héritée. Catherine l'antiquaire l'avait peu à peu aménagée en musée. Chaque pièce était surchargée d'argenteries, d'objets et bibelots en tout genre, de tableaux, de tapisseries, et de meubles anciens. Cette bâtisse du XVIIIe siècle se trouvait en lisière d'une forêt peuplée de génies dans laquelle, enfant, Adrien allait se gîter pour être en contact avec les arbres, la faune, les minéraux et la terre. Un berceau sauvage dans lequel il aimait se ressourcer, revenir aux racines, être en paix et trouver l'accord juste afin de ne pas défaillir en l'absence de son père. Il y marchait des heures, aspirait à pleins poumons les senteurs de la forêt, se régalait en suivant les traces fraîches des cervidés, s'émerveillait devant l'envol d'un rapace, s'échafaudait un univers parallèle. Il était tour à tour chasseur, chevalier, cowboy, indien, ou explorateur. Lorsqu'il rentrait crasseux, il voyait défiler un cortège continu de cousins, de vieux oncles et tantes, de clients et d'amis de Catherine. Des artistes, des intellectuels, des locaux, des chefs d'entreprises, et évidemment des militaires. Catherine aimait brasser ce beau monde et enjouer ses soirées lors de grands dîners aux chandelles. Elle a toujours été convaincue qu'elle n'était pas de ce siècle.

Baigné dans cet univers et ne sachant pas quoi faire de sa vie professionnelle, Adrien s'était naturellement tourné vers la décoration d'intérieur. À présent, il se sent un homme libre, responsable, et porté par le désir de transmettre ses gènes. Une envie de perpétuation. Il fait le vœu irrépressible d'offrir ce qu'il n'a pas assez reçu de son propre père, une vraie présence. Une volonté d'affirmer son identité et sa différence. Il brûle de combler les failles passées, se prouver que c'est possible. Sa vie « d'homme » ne peut pas se résumer à une ambition professionnelle, à un rapport de force avec les autres, ni même au seul pouvoir économique. Chacun a sa conception de la réalisation, sa propre conception de la virilité. Et pour Adrien, ça passe par la transmission. Voir son enfant naître, l'accompagner à travers les âges de la vie, le rassurer, être un pilier, le faire grandir et partager une complicité de sang. Vivre de manière charnelle une entente transcendante. Il partage ces envies avec Louise.

Du point de vue de Louise, une femme accomplie est une femme qui a eu des enfants. C'est son projet de vie, un projet constitutif, elle en veut au moins un, idéalement trois, et reproduire ainsi le schéma familial dans lequel elle a grandi et s'est épanouie.

Les premiers mois après le mariage se sont écoulés sans tourments. Le couple faisait l'amour passionnément et scrutait les fins de mois comme une promesse. La patience n'était pas mise à l'épreuve. Chaque petit retard semblait être une annonce, mais n'était finalement rien d'autre qu'un dérèglement. Quand Louise a commencé à s'inquiéter, son gynécologue lui répondait : « Ça va venir, n'y pensez plus. » Mais ça n'est pas venu et elle ne pense plus qu'à ça. Le temps s'oppose à eux. Il passe implacablement. Quand le temps joue contre vous, il est aiguisé comme un couteau. Alors qu'ils bataillent pour avoir un bébé, dans leur entourage, les premières annonces de grossesses pleuvent déjà.

À chaque annonce, Adrien a la sensation étrange d'être partagé entre une joie empathique et une rancune qui grandit chaque jour un peu plus. Une cochonnerie qui s'est accrochée dans son cœur blessé. Il voit qu'ils deviennent une dissonance, une fausse note dans un environnement social harmonieux, lisse, où les choses s'enchaînent naturellement. Louise, elle, veut continuer à y croire. Elle s'enthousiasme pour les autres, pense couvrir les futurs bébés de cadeaux. Elle se dit que leur tour viendra, que c'est pour bientôt. Louise garde confiance en sa bonne étoile.

*

En cette nuit d'octobre, une pluie épaisse s'écrase contre la fenêtre de leur chambre. Les semaines passent mais toujours rien. Il n'y a plus de bonne étoile à décrocher. Juste un ciel noir. Le sommeil se refuse à Louise. Elle a les yeux ouverts comme des hublots, ils scrutent l'étendue plafond. Adrien dort recroquevillé en chien de fusil, il a la respiration lourde. Elle ressent un profond sentiment d'injustice, elle n'arrive pas à saisir pourquoi il est si difficile d'avoir un enfant. Bien entendu, rien n'est jamais acquis. Mais n'empêche les questions enflent : « Pourquoi ne pouvons-nous pas avoir d'enfant alors que d'autres, qui ne le désirent pas, y parviennent par accident ? Pourquoi je n'arrive pas à créer la vie ? » Elle a effectué des recherches sur internet pour avoir des explications rationnelles à cette question. Le stress, la fatigue, les méfaits de la pilule sur l'organisme et le temps de récupération nécessaire au corps sont des facteurs déterminants. Louise a lu et entendu parler de ces raisons balancées par les médecins en herbe et des inconnus sur les forums divers. Mais cela ne la rassure pas. Les couples sont mal préparés lorsqu'aucune vie ne vient et qu'elle vous glisse entre les doigts comme un mince filet de sable. Louise se sent trahie. Elle a été induite en erreur par les histoires que les adultes lui ont débité depuis son plus jeune âge. Des contes de fées susurrés à l'oreille comme des serpents pour l'endormir. Elle l'a entendu des centaines de fois : « Ils vécurent heureux et eurent beaucoup d'enfants ». Elle y a cru. Pour elle, il ne s'agissait pas d'un vœu, mais déjà d'un acquis. Cette nuit elle prend conscience que la question n'était pas si elle allait tomber enceinte mais quand il fallait tomber enceinte. Elle a cru, comme la plupart de ses amies, que sa vie pouvait se programmer, se calculer, s'organiser selon ses désirs.

Tout ce cinéma avait commencé lorsque, à peine mariés, ils ont été exposés en trophée sur le parvis de l'église. Le mystère d'une certaine foi était le décorum nécessaire, une tradition familiale, mais ça n'allait pas plus loin que ça. Louise ne s'était jamais interrogée sur la signification profonde de ce rituel, la signification réelle de cette promesse d'amour inconditionnelle. Ce jour-là, l'amour se présente pour le meilleur. L'expression « pour le meilleur et pour le pire » fait partie du rituel catholique mais qui entend vraiment sa réelle dimension en ce jour où tout n'est que joie et festivités ?

Et elle a cru qu'avoir un bébé se régentait, comme son mariage, comme sa carrière professionnelle et pourquoi pas en fonction de celle-ci. La vie du bébé est déjà programmée avant même sa naissance. Le mystère de la vie est écrasé et les questions qui se posent sont superficielles. Quel est le meilleur moment pour avoir cet enfant ? En juin pour payer moins d'impôts ? Quelle est la période la plus propice pour être enceinte ? Avant ou après ma promotion ? Avant l'été, en hiver ou au printemps ?

Mais quand la machine se grippe, qu'un grain de sable vient l'enrayer, tout ça devient insignifiant, un monde s'écroule, et un autre s'ouvre, béant. On se sent les pieds dans le vide. Toute la fragilité de l'humanité refait surface comme un cadavre oublié qui remonte des profondeurs de la raison. Les couples prennent alors conscience que la vie relève bien du mystère. Ces pensées torturent Louise, sa nuit sera longue.

*

Justine, la meilleure amie de Louise, les a invités à bruncher. Elle les reçoit avec Laurent, son jeune mari. Justine est très proche du couple. Elle est une oreille attentive et une confidente pour Louise. Cette femme joyeuse est parmi les amies de son épouse celle avec laquelle Adrien a le plus d'affinités. Elle est blond platine, le sourire blanc soyeux, exubérante dans ses gestes et pourtant sans cesse en contrôle.

Soucieuse de son image, elle se présente toujours maquillée, bien coiffée et tirée à quatre épingles. Justine est styliste et a ouvert sa propre ligne de vêtements. Elle les dessine elle-même. Elle est dans le *mainstream* de la mode, elle ne lui apporte rien de neuf, rien de révolutionnaire. Sa force, c'est d'être dans l'air du temps, ni plus ni moins. Son mari, blond aux yeux bleus lui aussi, est consultant. C'est un homme propre sur lui, prévenant, au verbe juste, bienveillant, affable et en éveil. Le gendre parfait. Il a les traits fins, un corps d'athlète, il mange bio, pratique du sport tous les matins, et sort uniquement les vendredis soir. Ils sont le prototype du couple parfait. La vie roule pour eux. Rien ne leur résiste.

Chez eux chaque objet est parfaitement à sa place, tout est neuf, propre, la peinture est encore fraîche. La décoration est agrémentée des derniers meubles « tendance », qui du jour au lendemain, on ne sait pas trop comment, inondent les restaurants, les hôtels et finalement les appartements. Sur les meubles trônent des photos de mariage, mises en valeur comme des trophées. Ils ont invité Adrien et Louise avec la bande habituelle, le premier cercle. Ils sont souvent huit ou dix réunis. C'est la garde rapprochée de Louise, celle avec laquelle ils partent en vacances et font la fête. Si elle avait pu, Louise aurait vécu en communauté avec sa petite horde dans une grande maison. Tous ensemble, nuit et jour, dans une communauté hippie-bourgeoise jouant à des jeux de société à longueur de journée. Ils se voient une fois par mois en moyenne, souvent à l'occasion de dîners. Lors de ces soirées, ils refont la vie des autres, les absents, avec une amabilité et une médisance bien dosée. Un petit jeu entre amis, sans véritable rhétorique. Puis, quand ce sujet-là est épuisé, ils montent d'un cran. Chacun affiche ses ambitions professionnelles et ses prochains projets immobiliers. Arrivés au digestif, ils s'aventurent sur un terrain plus glissant, plus grisant aussi : ça parle politique, ça s'énerve autour de quelques poncifs et ça enfonce des portes ouvertes. Une occasion mondaine de s'affirmer devant l'assemblée avant de rentrer à nouveau dans le courant de la vie, motus et bouche cousue. Un dernier sursaut avant de ravaler au réveil les petites frustrations, et se laisser glisser sagement dans le quotidien. Enfin, les uns et les autres montrent progressivement de sérieux signes de fatigue, les premiers bâillements s'échappent, laissant place à quelques silences. L'heure est alors venue de s'éclipser et d'éteindre les égos.

Aujourd'hui, sur les quatre femmes présentes, seule Louise n'est pas enceinte. Les ventres de ses amies se sont gonflés les uns après les autres. La légèreté de leurs pas cède au poids de la vie qu'elles portent dans leurs bas-ventres. Elles le caressent dans un mouvement circulaire à longueur de conversation. Une vie remuante, qui tape du pied, qui appelle déjà l'attention de la mère. Ça y est, les discussions maternelles s'emballent. Au début, chacune s'est retenue pour ne pas donner l'impression que leur vie tourne déjà comme un soleil autour du bébé. Elles font mine qu'elles sont des femmes avant d'être de futures mères. Mais dès qu'une première lâche prise et se lance, c'est le déferlement.

— Justine, tu accouches quand ?
— C'est prévu pour début février normalement. À propos, avec Laurent, nous cherchons une bonne marque de poussette. Des conseils les filles ?
— Ce truc-là, c'est encore plus difficile qu'acheter une bagnole, non ?
Elles pouffent de concert leurs regards malicieux rivés vers leurs maris et repartent de plus belle.
— Tu prends quelle marque ?
— Maclaren c'est du solide, crois-moi.
— Écoute, ma sœur a pris une poussette à trois roues, ça passe partout il paraît que c'est canon !
— Oui mais elles ne sont pas simples à plier.
— Le mieux c'est de prendre une poussette avec une nacelle et un *cosy* qui s'installent et se retirent facilement, sinon c'est vraiment galère.
Louise est ballottée, comme un minuscule bouchon au milieu d'un océan déchaîné. Elle se noie dans les conversations enflammées des futures mères de famille. Elles deviennent des inconnues qui ne parlent plus que de mater-

nité. Louise sourit, feint même de rire pour maintenir le lien, celui de leur adolescence. Celui où elles vivaient leurs premières expériences de vie de manière concertée. Les premiers flirts, les premières escapades nocturnes, les premiers examens, les déceptions amoureuses, l'amour vrai. C'est le refrain d'une chanson de Vincent Delerm[3], *comme si nous avions pratiqué, dans des piscines parallèles, la natation synchronisée.* Mais là, c'est différent. Il y a un truc qui ne va plus. Elle sait qu'elle est en dehors du coup. Ça fait l'effet d'un boomerang. Les questionnements de la nuit dernière défilent. Adrien voudrait les supplier de parler d'autre chose, de la fermer deux secondes, de ne pas jacter à propos de mouflets, de poussettes, de chambre d'enfant rose ou bleue, de prénoms, d'échographie, d'allaitement. Le cœur de Louise se compresse. Elle ressent une immense honte. Honte de ne pas y arriver avec son mari. Louise ne cesse de croiser et décroiser les jambes. Elle se passe nerveusement la main dans les cheveux, son port de tête est haut pour ne pas perdre la face, elle arbore un sourire crispé.

C'est trop, Adrien a la mâchoire serrée, il est sur le point de se lever et protester. « Voilà stop, merci, c'est bon les filles, on a compris. Ce n'est pas trop vous demander de parler d'autre chose ? La vie est plus vaste que l'épicentre de

3. *La natation synchronisée,* auteur Vincent Delerm, maison production Tôt ou tard/Warner, 2004.

votre bidon, non ? ». Mais il reste assis poliment, se pince les lèvres fort pour que rien ne sorte. Il se sent prisonnier des codes de bonne conduite, ceux qui évitent qu'une simple soirée entre amis se transforme en pugilat.

Quand la conversation est enfin épuisée, quand tout semble avoir été dit, les regards se retournent vers Louise et Adrien avec compassion.

— Alors pas encore de bébé en vue ?
— C'est la prochaine étape ?
— Vous essayez ? Ce serait super que nos enfants puissent jouer ensemble plus tard.

Une mansuétude qui, par un effet miroir distordu, rappelle à ceux qui l'expriment que tout roule pour eux, que toute leur vie est exemplaire.

Adrien et Louise répondent simplement : « Oui, ce serait super ». Magnifique même. Mais voilà, Louise n'a pas le début d'une rondeur. Elle ne porte rien d'autre que le poids de sa culpabilité. Elle l'a au fond d'elle, ancré. Ces questions leur rappellent le fossé qui se creuse. Et qu'importe si ce n'est pas leur choix personnel. Ils sont à contre-courant. Le couple répond aux questions de manière évasive et laisse planer le bénéfice du doute. Il joue avec les apparences. L'apparence d'un couple ordinaire qui prend son temps.

L'appréhension

4 ans, 6 mois et 1 semaine avant le jour 0

Louise et Adrien s'activent en cachette. Ils sont passés, depuis quelque temps, en mode « projet » avec ses règles et ses contraintes, en respectant un « rétroplanning ». Ils ont décidé de régenter la situation comme une petite entreprise. Ils ont dû s'adapter et bouleverser leurs comportements. Tant qu'ils vivaient une relation sans projet particulier, que leur quotidien s'inventait à la sortie du lit, ils faisaient l'amour pour le seul plaisir de sentir leurs corps s'enlacer, et se perdre l'un dans l'autre, libre. Le plaisir pour le plaisir. Une vie sans contraintes, où faire l'amour était simplement un acte de volupté et d'abandon. Mais vivre pour vivre sans rien attendre en retour est le luxe des jeunes amants. Quand le projet d'avoir un enfant supplante la passion charnelle, qu'il se mue en un objectif supérieur, il faut avoir le cœur bien accroché. Leur désir de donner naissance à un enfant est devenu une convoitise, une image d'Épinal. Pour Louise, renoncer à donner la vie, c'est laisser mourir une part d'elle-même. Elle prétend conjurer la malédiction pour ne pas rentrer dans ce cercle mortifère. Elle est prête, s'il le faut, à soumettre leur duo à des critères d'efficacité implacables, quitte à ce qu'ils deviennent des ouvriers consciencieux de la reproduction humaine. Ils y consacrent toutes leurs forces et y travaillent tous les jours, dimanche compris, de jour comme de nuit. Faire l'amour, particulièrement les bons jours et plusieurs fois. Plus par simple hédonisme mais par devoir. Le plaisir cède la place au résultat, l'acte à la finalité. Il s'agit d'être efficace et ne pas rater la fenêtre de fertilité de Louise. Ils décident de concentrer particulièrement leurs efforts le quatorzième jour après le début de ses règles.

Et comme il n'est pas question de louper la précieuse persienne, ils achètent des tests d'ovulation et ingurgitent toutes sortes de produits qui favorisent la fertilité et diminuent le stress oxydatif. Dans cette bataille-là aussi, « les technologies et biotechnologies » jouent pleinement leur rôle. Ils font le bonheur des laboratoires pharmaceutiques. Des laboratoires à qui ils lâchent tous les mois quelques euros pour l'achat des produits et des tests. Et pour eux, qu'importe si ce sont ces mêmes laboratoires qui, de l'autre côté, tout au bout de la chaîne alimentaire, arrosent les terres, la végétation, fruits et légumes, de leurs pesticides. Des produits toxiques et des perturbateurs endocriniens qui rentrent dans l'organisme par l'alimentation et dérèglent le fonctionnement normal de ces organismes. Louise et Adrien sont à l'autre bout de cette chaîne et, de ce côté-là, ils n'ont pas d'autre choix que de se laisser embarquer.

Adrien joue consciencieusement son rôle de sentinelle. Il a l'obligation d'être au garde à vous. Prêt à donner de sa personne. Son statut de mâle en dépend. Mais le sexe masculin n'aime rien de moins qu'être régi par un impératif de résultat. C'est une première humiliation à l'échelle de la masculinité. Son statut, sa virilité physique sont assujettis à sa capacité à tendre son machin. Mais le drame, c'est qu'il ne peut pas y parvenir par sa seule volonté. Être en mesure de ne pas gouverner son sexe est la grande tragédie masculine. Il se rétracte à cette simple idée, écrasé par le mental, les questions, la peur. Ça l'angoisse. Prisonnier, il essaie dans cette lutte intestine de faire appel à son imagination. Et pour éveiller un semblant d'excitation, Louise et Adrien s'essaient à de nouvelles pratiques et variantes sexuelles dont ils font rapidement le tour. Éveiller des choses, contourner l'obstacle, faire comme si tout ça n'était qu'un jeu, une comédie conjugale, un joli cartoon au générique enlevé « That's all folks » et remettre l'amour au centre de leur couple. En réalité, le seul désir qui prime pour eux est celui d'avoir un enfant. Il les aliène. C'est un trou noir qui absorbe tout. Chaque mois, Louise se pose encore la même question cruciale qui la pétrifie à l'approche de ses règles : cette fois-ci, est-ce la bonne ?

L'idée que Louise puisse être stérile fait son chemin. Cette idée l'obsède dès que l'espace-temps se vide, qu'elle arrête de s'activer. Elle craint ses heures de relâchement qui l'aspirent inexorablement dans ses pensées. Louise a honte de son corps. Son regard sur elle-même a changé et se planter devant un miroir devient un supplice. Louise est à fleur de peau. Elle joue quotidiennement avec son alliance qu'elle fait tourner nerveusement autour de son annulaire avec son pouce. Un tic qui lui rappelle qu'il est l'heure de faire face. Adrien se sent impuissant face à la situation mais encourage Louise à dépasser leur appréhension. Faire des analyses médicales et voir noir sur blanc les résultats. Le temps est venu de consulter.

Nuit de vertige

5 mois, 15 jours après le jour 0

Flore a laissé sa porte entrouverte. Son atelier est un lieu saint : la musique en fond, elle se tient face à sa toile, face à elle-même, et lui. Visite après visite, elle fait tomber les voiles. Autant de couches qu'il a superposées avec les années pour donner le change au reste du monde. Paraître plutôt qu'être. Mais à deux, aucun masque ne tient, l'autre voit toujours plus loin. Leurs vérités intimes les submergent. Elle va là où personne n'est jamais allé et le comprend mieux que quiconque. Elle complète ses phrases inachevées, anime sa conscience engourdie et décode ses silences.

Ce soir de novembre, il est assis près d'elle. Ils sont affalés, lascifs. Quelques larmes s'échouent sur ses joues, c'est ce qui lui arrive lorsqu'il scrute Flore trop longtemps. Mais ce soir c'est différent. Le creux de son ventre se resserre, il a des crampes, ça lance, ce sont des coups de poignard. Il se sent vulnérable. Son corps tremble.

— Qu'il y a-t-il ? Viens.

Adrien s'approche d'elle. Les bras de Flore s'ouvrent, ce sont des ailes qui l'aspirent. Il se relâche de tout son poids. Il a les yeux noyés de tristesse. — Je t'aime, lui glisse-t-elle dans un murmure.

Ça le rassure brièvement. Niché au creux de son épaule, il retombe au seuil de sa vie. Il ne sait pas d'où vient cette marée-là. Elle remonte à la nuit des temps, sans doute à sa petite enfance plus probablement. Aux promesses qu'il se faisait lorsqu'il voyait son lieutenant-colonel de père partir en mission d'exfiltration. À sa peur de l'abandon, à l'anxiété d'être seul et de finir seul. Le vide. À ce sentiment vertigineux de n'avoir personne pour le soutenir. À la trouille de perdre sa femme et de perdre Flore, l'âme sœur qui est venue bouleverser sa vie. Son avenir se couvre d'une brume épaisse, sa stérilité, une perspective sans enfants, sans projets familiaux, et son cœur pris en étau. Ni les bras de Flore, ni ceux de Louise, ni ceux de qui que ce soit d'autre ne pourraient remplir ce sentiment de vide. C'est un puits sans fond.

Dans ce puits, il y a l'enfant plein de ressources qui lui semblaient inépuisables comme l'eau des océans. Il sent ce soir qu'elles se sont taries à son insu. Petit, il se montrait courageux face aux autres. Mais il a grandi comme un colosse aux pieds d'argile. Il se souvient très précisément des occasions où son père était sur le départ. Il toisait son paternel droit dans les yeux en souriant, le dos bien droit, les bras ballants, les jambes en coton. Pierre Delattre, l'officier supérieur, prenait son temps et d'un ton posé, la voix sûre, il prenait son fils dans ses bras : « Papa va au bureau à l'étranger. Ne t'inquiète pas, je reviens très bientôt. Prends soin de maman, elle a besoin de la force d'un petit prince comme toi ! Je compte sur toi mon amour. » Il l'écrasait contre lui, comprimait son torse contre le sien comme si c'était la dernière fois qu'ils se voyaient. Adrien baissait la tête. Voir partir un père militaire, c'est accepter de dire au revoir à un mort potentiel. C'est apprendre à ne pas penser. Et être le fils unique d'un soldat, c'est endosser seul un tas de responsabilités dont on ne veut pas forcément. Adrien l'observait ensuite étreindre sa mère, se retourner d'un mouvement sec, filer droit vers la porte d'un pas cadencé, hésiter, et claquer la porte. Le laissant sa mère et lui, gauchement plantés dans le grand hall d'entrée de leur maison d'un autre temps. Ce scénario se répéta pendant plus d'une dizaine d'années, jusqu'à son adolescence. Jamais Pierre n'a dit où il allait, ni pour combien de temps ni ce qu'il avait vécu ou vu. On ne parlait jamais de ça. C'était un sujet tabou. Secret-défense. Adrien n'a jamais su combien d'hommes son père avait tués et pendant quelles missions. Il lui parlait plus souvent de l'esprit de corps, dc la vie collective de son régiment, de l'incroyable solidarité entre les soldats et des valeurs qu'il défendait au nom de la France. Mais parfois, Pierre rentrait le regard funèbre, et dans ces moments, il comprenait. La fragilité de son père grandissait après chacune de ses missions, le forçant à ne plus laisser paraître la sienne. Quand Adrien ne bataillait pas avec lui au sujet de Saint-Cyr, il devenait son confident. Les rôles s'inversaient au fil du temps. Il voit encore l'officier, plus de vingt ans de service, décoré de la médaille militaire et de l'ordre national du Mérite, enfoncé dans le fauteuil Louis XV. Ce roi déchu, assis pile en face de lui, était aux prises avec ses démons et toujours la même question existentielle qui tournait en boucle dans un manège infernal : « Quel est le sens de ma vie ? À quoi bon tout ça ? ». Le regard triste et éteint, il ponctuait les conversations par : « Je sais ce n'est pas facile d'avoir un père comme moi ». En l'écoutant, Adrien se disait qu'un jour, son père se ferait sauter la cervelle avec son arme de service pour en finir une fois pour toutes. Ou qu'il se laisserait mourir d'une mort lente, quotidienne, interminable et discrète. Adrien a grandi avec cette peur. Peur de voir mourir son père à petit feu. Peur de se perdre avec lui. Cette peur ne l'a jamais quittée. Face à ce désarroi, il a eu besoin de chatouiller les interdits. Se jouant de l'absence physique et psychique de son père, et en profitant du déni enjoué de sa mère, il n'a eu de cesse de tester les limites et les excès en tout genre. Quand il ne se ressourçait pas dans la forêt, il volait des jouets dans les grandes surfaces, plus tard des vélos dans la rue, et plus tard encore des scooters. Il y avait cette vieille mobylette Peugeot 103 de couleur verte restée dans le garage pendant six mois sans que personne s'interroge sur la provenance de l'engin apparu comme par miracle du jour au lendemain. À l'adolescence, il buvait cul sec toutes sortes de boissons alcoolisées et s'essayait à des drogues douces, puis plus dures, plus extatiques. Il allait dans des boîtes, des *raves* et des *afters*, danser sur de l'éléctro-transe habillé avec un fût en cuir noir, cherchant à passer de l'autre côté des portes de la perception. Il se trouvait pathétique, et avait même ressenti à plusieurs reprises le désir encaissé de se jeter d'un pont, d'une fenêtre ou de s'encastrer dans un mur, sans jamais passer à l'acte. Il ne s'agissait pas de désenchantement mais de son exacte opposé. Adrien était, comme beaucoup de jeunes de sa génération, à la recherche d'absolu. D'un désir de vivre. Il espérait aller au-delà de lui. Toucher au vertigineux et combler le vide.

Couché sur l'épaule de Flore, son sentiment d'abandon, de peur, ressurgit comme une oriflamme. Pris de panique, il voudrait ne plus être abandonné par personne. Ni par son père, ni par Flore, ni par Louise. Personne.

Flore lui caresse le front d'un geste aérien. Elle se lève et tire Adrien du canapé. Elle le fait voyager entre ses toiles, s'immobilise au centre de son atelier, et branche son téléphone sur ses enceintes. Ils sont face à face. Elle déroule ses longs bras jusqu'à la taille d'Adrien. Elle fait un léger mouvement de tête en avant, presse sa main contre le bas de son dos, lui sourit : « Bon ça suffit, j'en ai marre, il faut souffler sur toute cette douleur, ne pas s'y accrocher et la traverser. Dansons ! » Une mélodie atmosphérique fait vibrer l'air. Adrien s'abandonne. Quelques accords de guitare enlevés, un rythme venu des tropiques et une voix cosmique entraînent leurs corps dans une ondulation aquatique. Ils flottent, tournent au ralenti dans cette pièce au parquet défoncé. Des rires émerillonnés s'échappent. La tête en arrière, leurs yeux plaisantent avec le ciel. La longue robe manouche de Flore balaie l'espace et tous les aphorismes d'Adrien. Les murs de la pièce s'évaporent lentement. Le plafond se dissout, laissant la place à un soleil radieux. Le parquet s'est mué en un large miroir de glace. Ils tournent à présent au milieu d'un paysage plat et infini. Dans cette ronde, soudés l'un à l'autre, ils se sentent vivants quelques instants. Leurs corps se confondent, ne deviennent qu'un, et s'effacent.

Adrien sursaute en sueur dans son lit. Son cœur cogne fort. Il ouvre grand les yeux, scrute la pièce, tout est silencieux. Il n'est pas dans un atelier au parquet défoncé mais dans une chambre à la décoration léchée. La photo d'un couple trône sur la table de nuit. Il plie ses yeux, les reconnaît, c'est lui avec Louise. Son cœur enténébré s'éclaircit. Il a affleuré sa blessure primordiale. On ne se remet pas de l'enfance, on y revient toujours. La façon dont Adrien a donné du sens au monde qui l'entoure, sa sensibilité même en a découlé. Ses joies, ses fulgurances, ses sensations d'abandon sont reliées à son enfance. Le songe a mis à nu ses angoisses térébrantes et ses combats masqués. Adrien a cru que ce bébé, qu'il avait appelé désespérément de ses vœux ces dernières années, serait venu le rassurer et soigner ses phobies. Adrien voulait sauver Adrien. Mais il aurait immanquablement transmis à sa progéniture ce fardeau non résolu et ses questions existentielles en espérant inconsciemment qu'il puisse y apporter des réponses. Son infertilité l'a confronté à la finitude. Le rêve peut être une force qui vient découdre le passé pour le visiter différemment. Le réveil sonne. Louise est déjà partie. Adrien est à cheval sur l'irréel.

Stérile

4 ans avant le jour 0

Adrien et Louise ont pris rendez-vous avec le docteur Marie-Hélène Bargerot, une gynécologue d'une cinquantaine d'années qui a l'assise des personnes d'expérience. C'est une femme au corps sec comme une trique, aux cheveux noirs, courts et au visage fin. Elle est élégante, élancée, elle se déplace avec le calme et l'assurance d'un échassier blanc.

Son bureau est vaste et ordonné. À sa gauche se trouve une bibliothèque avec des ouvrages empilés et un cabinet de curiosités ornementé de faux sexes. Des vagins colorés comme d'anciennes cartes de géographie côtoient des antiquités phalliques qui donnent le sentiment de rentrer en classe de biologie. Le reste de la décoration est sobre et soigné, quelques œuvres d'art contemporain ornent les murs du cabinet.

Marie-Hélène a été nourrie à l'école de médecine au biberon du cynisme, dans le sens noble du terme. « La juste distance », comme elle le dit. « La juste distance » c'est l'équilibre qu'il faut trouver entre la compassion émotionnelle, humaine d'une personne envers une autre, et le recul nécessaire pour analyser de manière objective la situation médicale à laquelle vous êtes confronté sans tomber dans le pathos. Celui qui pousse parfois à s'identifier trop à l'autre.

Pour Marie-Hélène, tomber dans le piège du pathos, ce serait prendre le risque de perdre tous ses moyens. Ce serait lui rappeler qu'elle aussi est une femme, une mère de famille qui sent en son for intérieur l'urgence vitale que cela peut représenter pour une femme d'avoir un enfant. Mais elle sait également que faire preuve de trop de compassion, c'est brandir un miroir qui reflète ses propres douleurs. Son passé, son divorce douloureux, la bataille pour la garde des enfants, et l'aîné, Simon, qui a fugué un dimanche matin sans donner signe de vie pendant une semaine et qu'elle croyait mort. Elle en fait encore des cauchemars aujourd'hui. Elle sait que ce soir, elle dînera seule devant la télévision. Alors, évidemment, cela n'a rien à voir avec des couples qui n'arrivent pas à avoir d'enfants, mais quand la vanne des émotions s'ouvre, tout s'y déverse comme un déluge. L'humain ne s'habitue pas toujours à la détresse de ses semblables. Alors Marie-Hélène fixe un cadre et elle se tient à cette juste distance comme à un pilier. Une ligne de conduite qui permet aux protagonistes autour de la table de poser les choses, de garder espoir, de se donner des objectifs, d'échanger, de définir un protocole et une démarche médicale à suivre.

Marie-Hélène invite Louise et Adrien à s'installer d'un simple geste de la main qui balaie la salle de gauche à droite, comme si elle semait des graines de fertilité sur leur sol aride. Le couple scanne la pièce, le plafond, les murs, la décoration et les éternels diplômes qui trônent au-dessus des bureaux de tous les médecins de la planète. Tout est scruté, ils sont en territoire inconnu et dans quelques instants, ils seront amenés à se mettre à nu. Ils ne laissent donc rien au hasard.

Du reste, s'ils sont là chez le docteur Bargerot, ce n'est pas le fruit du hasard. C'est le résultat de nombreuses recherches, de SMS envoyés, d'appels passés à des amis fidèles, capables de garder un secret, qui les ont conseillés d'appeler tel ami, telle cousine, ou collègue qui traverse la même épreuve qu'eux. « S'il te plaît, n'en parle à personne », « Tu verras elle est formidable », « Je vous la conseille, mais peut-être pourriez-vous trouver mieux, je ne les connais pas tous », « Il y a docteur machin, mais ce n'est pas certain qu'il puisse vous recevoir avant plusieurs semaines il est très demandé »,

« C'est la grande spécialiste en France, tu ne trouveras pas mieux », « Ne tardez pas les processus sont longs ».

Le duo a dû pénétrer un monde souterrain, un monde embarrassé, pour, après deux mois d'attente, atterrir ici, dans ce cabinet. Pendant toutes ces années, Louise et Adrien les ont croisés sans se douter de ce qu'ils traversaient. Ce sont des anonymes qui n'ont rien laissé paraître et ont su avoir du répondant. Ce sont des amis, collègues de travail, fournisseurs, boulangers, hommes politiques, chefs d'entreprises, cadres, salariés, indépendants… Et ils ont en commun cette aspiration qu'ils vivent souvent en secret.

Louise et Adrien ont rejoint cette « communauté ». Elle leur a ouvert sa porte, et ses carnets d'adresses. Ses membres leur distillent au compte-gouttes des petits conseils pour tenir le coup. Ils savent à quel point c'est usant et connaissent les petites recettes pour garder espoir. Il n'y a plus l'ombre d'un doute, ils font à présent partie des couples infertiles. Adrien ne peut s'empêcher d'être convaincu que cela vient de Louise. Vieux réflexe misogyne ou simple préjugé peut-être. Mais il n'arrive pas à imaginer que cela puisse venir de lui. Il n'a quasiment jamais entendu parler dans son proche entourage d'hommes qui l'étaient. À moins qu'il ne se soit enfermé dans le déni. C'est la femme qui porte la vie et qui la transmet ! N'en est-elle pas sa source même ? C'est donc bien en elle que ce gisement se tarit. Cette idée refoule tout sentiment de culpabilité, et lui donne plus de force pour l'accompagner. À ce stade, ils n'assument pas encore réellement la situation. Leur malaise est palpable. Dans le cabinet il n'y a que deux chaises et pourtant le simple fait de s'asseoir devient un casse-tête. Adrien doit-il attendre que le docteur s'installe ? Quelle chaise choisir ? Celle de droite ou celle de gauche ? Que faire de leurs vestes, où doivent-ils les poser ? Ces questions anodines les agitent. Elles sont l'écume de leur houle intérieure. Ils restent figés au milieu de la pièce pendant quelques secondes.

Adrien pince brièvement la paume de la main de Louise. Il veut lui montrer qu'il est présent et lui glisse au creux de l'oreille : « Nous sommes plus forts à deux ». Mais en réalité, il sait que c'est lui qui cherche à être rassuré. Louise, volontaire, se tient droite. Marie-Hélène patiente, elle les regarde avec un léger sourire à peine perceptible. Juste ce qu'il faut.

— Alors, qu'est-ce qui vous amène ici ? Dites-moi tout.

Sa voix est fluide, précise, sur le souffle, les mots sortent d'un trait. Louise explique, placidement et gorge serrée, leurs tentatives infructueuses, les traitements qu'ils ont achetés en pharmacie, et l'espoir qu'ils mettent dans cette nouvelle démarche. Marie-Hélène affiche sa distance, dès lors que se glisse insidieusement chez eux une oncc d'émotion articulée entre deux mots, à la fin d'une phrase ou si la voix chevrotante dans sa ponctuation laisse paraître une forme de désarroi.

Pour l'heure, elle reste silencieuse et se contente ensuite de passer par un interrogatoire administratif et médical. Âge ? Lieu d'habitation ? Mariés ? Depuis quand ? Félicitations. Professions ? Horaires de travail ? Pas d'allergies ? Avez-vous déjà subi des opérations ? De quels types ? Antécédents familiaux ? Cancers dans la famille ? Maladies héréditaires ? Fréquence des rapports sexuels ? Mettez-vous d'accord ! Avez-vous un médecin traitant ? Une mutuelle ? Âge et date des premières règles ? Marie-Hélène note tout soigneusement dans son ordinateur portable posé sur son bureau, elle crée un dossier et l'enregistre sous le nom de monsieur et madame Delattre.

— Madame, veuillez me suivre, je vous prie. Je vais vous examiner. Monsieur, restez là, ça ne sera pas long.

Quelques minutes s'égrènent.

— C'est bon, tout va bien.

Marie-Hélène est lancée dans ce qu'elle fait de mieux, elle est dans son élément : diagnostiquer, analyser, prescrire, conseiller, mettre en place des plans d'action. Elle ne se pose plus aucune question, à eux non plus d'ailleurs. Cette fois, il n'y a plus de « juste distance ». Le cadre est posé. Ils rentrent dans les protocoles. Ce qui compte à présent ce sont les étapes à suivre, les processus. De l'écoute, peu de mots, les mots étouffent, angoissent, de la réflexion et des actions simples, ni plus ni moins. Elle écrit l'ordonnance, leur explique le protocole thérapeutique et la première étape à suivre. Parfois, elle leur jette un regard oblique pour vérifier qu'ils suivent bien son raisonnement et pour s'assurer qu'ils sont bien tous les trois sur la même ligne de départ. Louise et Adrien ne quittent pas des yeux les mouvements de son stylo, comme s'il s'agissait d'un objet divin, d'une amulette magique. Elle signe l'ordonnance de Louise et, dans la foulée, celle d'Adrien qu'elle arrache du bloc-notes d'un coup sec avant de leur tendre d'un geste aérien. Elle sourit, franche et optimiste. Ça y est, c'est parti. La route est longue. C'est un marathon, une marche au long cours. Ils en prennent conscience, il s'agira d'y aller pas à pas. Mais ils se sentent d'attaque, un nouvel espoir médical s'offre à eux. L'aventure commence avec un bilan de fécondité. Pour Adrien, ce bilan démarrera avec l'incontournable spermogramme. Le docteur Bargerot prend le soin de lui préciser les consignes à suivre.

— Vous ne devez surtout pas avoir de rapports sexuels pendant au moins soixante-douze heures avant le prélèvement, mais le sperme doit dater de moins de cinq jours.

— Ça fait long…
— Pardon ?
— Non rien, je n'ai rien dit.

Le spermogramme permet d'évaluer sa force de frappe, le nombre et la vitalité de ses spermatozoïdes et il ne peut pas imaginer une seconde que ce soient des mauviettes ni qu'ils ne soient pas présents en nombre et fringants. Lui, Adrien, l'ancien séducteur impénitent de Paris ? Il est testostéroné jusqu'au dernier degré ! Ses quelques pannes étaient dues à un trop-plein de drogue, d'alcool, à une forme de lassitude, à l'obligation d'y arriver ces derniers temps ou tout au plus à son anxiété de ne pas être à la hauteur, ce qu'il balaie d'une phrase toute faite : « Je ne comprends pas ce qu'il m'arrive ». Rien de plus. Il le sent quand il fait l'amour, sa virilité, son ardeur vient de loin, impossible d'avoir une telle appétence s'il n'y a pas un moteur, une armée de spermatozoïdes pressée d'en découdre. Il ne fait pas de doute qu'ils veulent se lancer dans la course pour être les premiers. Ils se marcheraient dessus s'ils pouvaient.

En réalité, une seule question lui revient en boucle comme une chansonnette. Comment va-t-il faire ? Va-t-il réussir à se branler, seul dans une pièce avec une infirmière qui trépigne dehors ? Et en admettant qu'il y arrive, va-t-il réussir à soutenir son regard, et le sourire qu'elle arborera, sans aucun doute, sachant précisément comment cette semence a atterri dans la fiole qu'il tend du bout des doigts comme un mauvais élève remettant sa copie ? Et comme si cela ne suffisait pas, la suite de son protocole prévoit qu'il pourrait subir, le cas échéant, un examen clinique complémentaire. Une investigation particulière : la palpation et la mesure de ses volumes testiculaires. Il tâche de ne pas se projeter. Il cherche à chasser immédiatement la vue de cette main qui viendrait soupeser ses testicules comme ceux d'un taureau à une vente aux bestiaux.

Ce sera une première expérience hyperbolique pour Adrien. Le sexe masculin n'a pas pour coutume de s'exposer à des câlineries médicales. Son esprit transmute cette image d'abaissement clinique en un film érotique des années 80. Les infirmières y sont blondes, en mini-jupe, aux seins chauds et visibles. Une offrande qui déborde comme une corbeille de fruits de leurs chemisiers blancs dont les boutons du haut ont malencontreusement sauté après une trop grande inspiration. Mais Adrien sait que la réalité s'annonce plus acérée.

Pour finir, Adrien reçoit une troisième et dernière ordonnance où il est écrit de manière beaucoup moins appuyée cette fois : *sérologie syphilis, HIV, hépatites B et C*. La main de Marie-Hélène devait sans doute fatiguer ou peut-être avait-elle déjà la tête ailleurs. Un détail somme toute pour une personne ordinaire, mais qui représente pour lui l'épreuve absolue, son ascension de l'Himalaya. Il en a honte mais il est atteint de bélonéphobie. Adrien fait partie des personnes qui tombent dans les pommes à la vue d'une aiguille et, ce, quelle que soit la taille. Et comme un malheur ne vient jamais seul, il est aussi hématophobe. Il ne supporte pas la vue du sang. Lors des prises de sang, aussi rapides et bénignes soient-elles, Adrien est capable de manger son pull à pleines dents, les yeux fermés, la tête collée contre le mur. Un réflexe qui a l'art d'amuser les infirmières qui ne peuvent s'empêcher de lui rappeler à quel point l'homme est peureux : « Les hommes, vous ne supporteriez pas le quart de ce qu'endure une femme ! »

Pour Louise, l'addition est plus salée. Quand il s'agit d'avoir un enfant, l'égalité des sexes, là non plus, n'est pas de mise. Elle passera par une inspection de la vulve et de l'hymen, avec recherche de malformation congénitale du vagin, et réalisation de frottis cervico-vaginaux pour dépister d'éventuelles infections pelviennes. Pour finir avec une sérologie nécessaire pour réaliser un bilan hormonal. Louise sait que son corps sera mis à rude épreuve, mais elle ne bronche pas à la lecture de sa sentence. Flegmatique, Louise a un regard déterminé. Bien qu'elle sache que ces examens ne seront pas réjouissants et la suite pas beaucoup plus, son objectif est clair, limpide même. Le chemin lui importe peu. Elle décide de suivre les étapes sans se poser de question.

Faire les choses dans l'ordre. Une chose après l'autre et avancer coûte que coûte.

*

C'est écrit en noir dans son carnet: « mercredi 25 septembre, rendez-vous à 11 h pour mon spermogramme au laboratoire de biologie médicale, rue Saint-Didier dans le seizième à Paris ». Sur le départ, il se répète une litanie pour lui donner de la contenance. « Se rendre dans l'arrondissement où Paris se meurt, et y aller pour donner la vie, ne pas être en retard, vérifier la carte vitale dans le portefeuille, ne pas oublier mon ordonnance dans la pochette bleue ». Il est chargé comme une kalachnikov, prêt à vider le chargeur. Il y va l'air bravache. Il passe la porte d'entrée d'une belle maison de maître, et se dirige vers la réception. Une infirmière l'accueille, paupières baissées sur son clavier d'ordinateur, comme un store. Elle est jeune, ronde, blonde, cheveux shampouinés à l'huile. L'infirmière esquisse enfin un lever de menton, l'aborde d'une voix éteinte. En dehors de ses lèvres pincées, plus rien ne bouge.

— Bonjour, Monsieur. L'ordonnance, s'il vous plaît, carte de sécurité sociale, année de naissance, nom de votre compagne, profession, adresse, mail, numéro de téléphone.

La tonalité est lisse et froide. Adrien s'exécute.

— Merci. Veuillez attendre dans la salle d'attente, on vous appellera.

Adrien amorce un mouvement pour s'asseoir et est interrompu à l'instant précis où ses cuisses s'apprêtent à toucher la chaise.

— Monsieur Delattre ?

Une deuxième infirmière, la soixantaine, aux seins généreusement bas, le prie de bien vouloir la suivre. Elle l'amène dans un long couloir éclairé d'un néon rose. Son nom est dactylographié sur un badge, porté à hauteur de poitrine « Brigitte B. ». Des initiales « B. B. » qui éveillent son imaginaire. Un marqueur pour la génération des goldens sixties, à commencer par sa mère qui exposait secrètement des photos de Brigitte Bardot en maillot de bain dans son dressing. Des clichés découpés soigneusement dans un vieux *Paris Match* et qu'elle a punaisés sur les battants, pour ne jamais oublier que c'est bien Dieu qui créa la femme. Une féminité à laquelle elle tient fermement aujourd'hui encore.

Quand il était enfant, il regardait longuement l'icône sculpturale et voluptueuse de Saint-Tropez, sexuellement mise en musique par Gainsbourg[4] « *Jusqu'en haut des cuisses. Elle est bottée. Et c'est comme un calice. À sa beauté* ». Il avait pris l'habitude d'étudier attentivement et longuement son anatomie pendant que sa mère se maquillait en lui souriant,

---

4. *Initials BB, 1965.*

lui donnant par la même occasion son approbation tacite. Son premier fantasme féminin est né à ce moment-là, quand il ouvrait ces portes du paradis. Mais Adrien doute que Brigitte B. ait des photos de B.B dans son casier.

Elle marche mécaniquement dans le couloir et roule des fesses comme d'autres roulent des mécaniques. C'est un aller-retour qu'elle fait des dizaines de fois par jour, des centaines par semaine, des milliers de fois par mois sans doute. Il n'y a plus chez elle d'entrain, plus d'enthousiasme. Le fantasme de l'infirmière s'efface pas à pas. Adrien est le chien qui suit son maître et il fredonne nerveusement une autre chanson de Gainsbourg[5] : « *Au cinquante-six, sept, huit, peu importe de la rue X, si vous frappez à la porte d'abord un coup, puis trois autres, on vous laisse entrer. (…) Une servante, sans vous dire un mot, vous précède. Des escaliers, des couloirs sans fin se succèdent, décorés de bronzes baroques, d'anges dorés, d'Aphrodites et de Salomés* ». Au bout du couloir, il y a la porte numéro 8 qui donne sur une cellule monacale de quatre mètres carrés, à peine. Une cabine dans un paquebot en perdition, une cellule fonctionnelle. Un petit lavabo, une chaise verte recouverte d'une feuille en papier kraft blanc, des magazines pornographiques aux pages déchirées, un téléviseur Philips modèle 1998, une antiquité, et une seule chaîne, la chaîne X. La matinée s'annonce sexuelle. Brigitte

5. *L'hôtel particulier*, paroles et musique de Serge Gainsbourg, 1971.

lui explique les consignes strictes à suivre, elle esquisse un joli sourire avant de le quitter. Il trouve ça suspect. Il se lance dans le cérémonial : pisser, se laver les mains, nettoyer l'objet avec des lingettes antiseptiques, regarder un film avec attention, espérer un effet, faire preuve d'abnégation, se branler. Le temps s'écoule, il fait le vide, la nature reprend ses droits. Fin, *finito, done* ! Il est pris en tenaille entre soulagement et gêne. Il laisse le réceptacle en plastique avec le fruit de ses entrailles sur la table. Il saisit un bout de papier et écrit « prenez soin de cette précieuse semence obtenue à la sueur de mon front ». L'humour comme porte de sortie pour repêcher son amour propre. Il sonne afin que l'infirmière vienne chercher le récipient et disparaît comme une souris. Dans trois mois il y retournera. Il faut passer par deux tests pour assurer la validité du diagnostic.

*

Adrien rejoint Louise, ils déjeunent ensemble. Elle sort de ses examens gynécologiques. Elle a un regard caverneux. Pourtant elle connaît la chanson. Ni le toucher vaginal – ce raid au spéculum, engin en plastique qui maintient béant les orifices des cavités naturelles et permet une exploration à la lampe torche – ni le frottis au coton-tige ne l'effraient. C'est un rituel intime pour toute femme moderne, institué dès la préadolescence. Pas moyen d'y échapper, il est indispensable pour contrôler les rouages, vérifier régulièrement que tout est en ordre.

Mais ce que la chair de Louise garde en mémoire, là, assise en face d'Adrien, c'est l'hystéroscopie qu'elle a subie. Il y a une heure, elle était couchée sur un billot en fer, qui n'avait rien d'une table de massage thaïlandais, jambes écartées, dos crispé, yeux rivés vers le ciel. Et elle sent toujours ce jeu de pinball dont elle a été le plateau. Elle visualise encore le médecin lui tirant sur les trompes afin de balancer le liquide comme une boule de flipper dans ses cavités utérines. Elle a l'impression de sentir ce liquide qui circule dans son corps. Louise est tassée, son corps est las, ses gestes sont lourds. Elle n'a pas le courage de choisir son plat, « Une salade-mozza, très bien ». Elle a juste envie de se relâcher, de retrouver ses forces progressivement. Ils font le point. Ils s'encouragent et positivent. Il faut gérer l'attente du bilan, ne pas se laisser happer par l'appréhension. Ils se fixent une ligne de conduite, une règle pour se protéger, ne jamais chercher à analyser seuls les résultats des laboratoires. Et ne surtout pas aller sur internet à la recherche d'informations distillées par des diseurs de mésaventures virtuels. Ranger ces résultats comme de simples papiers administratifs et attendre le rendez-vous avec le docteur Bargerot. Il est déjà fixé dans leurs carnets, dans trois mois et demi. Ils veulent croire que tout est normal, que l'enfant pourrait venir à chaque instant. Cette perspective leur redonne le sourire. Ils ne se sont jamais sentis aussi proches et unis, portés par cette volonté commune. Le mois prochain, ils iront se faire sucer quelques gouttes de sang. Celui d'Adrien ne fait qu'un tour à cette idée. Il y a l'espace-temps pour quelques banalités :

— On va au ciné ce soir ?

— Tu regardes ?

— OK !

Les gestes de tendresse se succèdent, il faut que Louise aille bosser, Adrien aussi. Il a un rendez-vous important sur un chantier. Il embarque sa pochette bleue.

— Je file, je t'aime, à ce soir.

La vie reprend son cours.

*

Lundi 12 décembre, l'obscurité a élagué de quelques minutes supplémentaires le jour. Ils marchent sur le trottoir en direction du cabinet du docteur Bargerot. La tension monte, la rue est électrique. Louise et Adrien pressent le pas et écrasent le bitume. Accélérer le temps pour enfin connaître les premières conclusions. Ils sont freinés dans leur élan par une salle d'attente déjà bondée, les minutes collent. Marie-Hélène les reçoit enfin, lance la discussion. Elle les questionne posément, aucune émotion ne se lit sur son visage :

— Alors comment allez-vous ?

Le couple se met au diapason, Louise prend la parole :

— Dans l'ensemble, la situation est difficile à gérer. Nous avons le sentiment de ne plus rien contrôler. Nous avons essayé de ne pas trop penser aux résultats des analyses, mais je vous avoue que nous sommes impatients de connaître vos conclusions, en espérant que tout va bien.

Marie-Hélène écoute, se veut rassurante, se tourne vers Louise :

— Vos résultats sont bons, madame Delattre, tout est en ordre.

Sa tonalité est désormais plus ferme, son sourire est feint, ils ne sont qu'à la proue de l'histoire. Elle énumère les bons points, le taux hormonal, le bon fonctionnement des ovaires, précise le dosage des différentes hormones, l'estradiol, la FSH[6], la LH[7] et la progestérone, et lâche quelques chiffres pour appuyer son propos. Elle prend soin de leur rappeler à quel point les hormones sont importantes pour réguler les étapes de la reproduction. Elle rassure Louise, il n'y a pas d'infection vaginale ni de présence de germes dans

6. L'hormone FSH (ou hormone folliculo-stimulante, aussi appelée « folliculo-stimuline »), est une hormone gonadotrope sécrétée par l'hypophyse ; cette gonadostimuline agit sur le fonctionnement des gonades : les testicules chez l'homme, les ovaires chez la femme. Source : www.futura-sciences.com

7. La LH ou hormone lutéinisante est sécrétée par l'antéhypophyse. Elle fait partie des gonadotrophines : elle contrôle, avec d'autres hormones, les glandes sexuelles (gonades), en l'occurrence les ovaires chez la femme et les testicules chez l'homme. Source : www.passeportsante.net

les sécrétions. Ils ont presque envie de se réjouir, mais l'air est rempli d'un non-dit.

Marie-Hélène tourne sur sa chaise, elle pilote la situation. Elle est en maîtrise, elle connaît déjà les résultats, elle a pris le temps de les étudier juste avant de les faire rentrer. Son sourire s'efface, elle prend un air neutre et regarde Adrien droit dans les yeux. C'est son job, elle sait faire.

— En ce qui vous concerne, monsieur Delattre, sur le plan de l'immunologie, tout est négatif. Par conséquent, tout va bien.

Marie-Hélène commence avec une bonne nouvelle et laisse infuser le calme. Les protagonistes sont à l'arrêt. Elle change de posture, aligne les feuilles en un bloc pour que seule la première page soit visible.

— En revanche, les résultats de votre spermogramme, eux, ne sont pas très bons.

Adrien comprend que « pas très bons » signifie mauvais. La mobilité de ses spermes est insuffisante, ça remue trop doucement dans le bocal, au ralenti même. Et la proportion de ses spermatozoïdes normaux est nettement insuffisante, 1 %. Ils doivent être recroquevillés sur eux-mêmes, trop timides, avoir une tête trop grosse ou une queue trop longue.

L'identité masculine d'Adrien vient de prendre un sérieux coup. Il le ressent jusqu'au cœur de ses testicules. Un réflexe pavlovien l'avait induit en erreur, mit sur la mauvaise piste, la stérilité n'est pas uniquement l'apanage des femmes. Il cherche une issue salvatrice à sa détresse et se perd dans des pensées inutiles. Et si Henri VIII avait vraiment su que le problème venait de lui, aurait-il changé de femme si souvent ? Les aurait-il tuées ? Peut-être n'aurait-il jamais connu Jeanne Seymour qui lui donna un enfant-roi ? Ont-ils reçu avec Jeanne une grâce divine avant sa chute en enfer ? Adrien se ressaisit. « Bon 1 % ça laisse de quoi faire ». Il n'y croit pas trop mais ça se tente. Il veut croire encore en sa capacité de reproduction et donner une chance à son désir d'enfant. Louise s'était préparée à l'idée qu'elle était la source du problème. Il y avait au-delà de la raison un pressentiment animal, inconscient, que Adrien devait être le parfait géniteur. À l'annonce de la sentence, elle est confuse. « Mon prince », « Mon homme », « Mon mec », disait-elle fièrement en parlant de lui non sans une certaine fierté virile. L'homme avec qui elle avait pris si souvent son pied, joui en se mordant les lèvres, les doigts agrafés dans le dos d'Adrien, a le sperme en berne. Non pas que Louise s'attache particulièrement au concept de la pénétration ou du sperme de qualité, la jouissance physique est multiple, les cordes sensibles variées et infiniment plus délicates. La sensualité ne se résume pas à l'acte. Mais lorsqu'il s'agit d'avoir un enfant, la nature revient aux origines triviales de la reproduction. Simple, basique. Elle s'interroge. Il aurait été peut-être préférable que le problème soit venu d'elle. Sur le moment, Louise se sent coupable. Elle est parfaitement incapable de mettre le doigt sur la raison de cette culpabilité. Cela ne remet pas en question l'amour qu'elle lui porte, ni leur relation, elle aimerait même le rassurer, mais une part d'elle a eu une pulsion de rejet et de colère envers Adrien.

Marie-Hélène laisse couler, puis reprend la main, invariablement professionnelle :

— Il existe des solutions, nous allons pousser un peu plus loin les examens. Mais si vous souhaitez un enfant, cela passera forcément par une FIV.

Ils le savaient, c'est un marathon, mais qui ne prend pas la direction qu'ils imaginaient. Il va leur falloir nager à contre-courant. Marie-Hélène attend leur acquiescement :

— C'est bon, vous êtes certain ? On peut y aller ?

Prochaine étape pour Adrien : échographie des testicules puis rendez-vous avec l'urologue de la clinique.

L'ombre du Vésuve

6 mois après le jour 0

L'appareil survole la mer, vire à gauche pour entamer son dernier virage d'approche. L'aile de l'aéroplane semble caresser l'écume. Adrien a la tête écrasée contre le hublot, il somnole, absent. Les roues de l'appareil touchent enfin le sol, le choc secoue la carlingue. Une voix féminine et enjouée annonce : « Ladies and gentlemen, welcome to Napoli, it's half past four local time and outside temperature is twenty-three degrees. On behalf of the captain and all the crew, we thank you for flying with Alitalia. »

Le soleil tape sur la piste de l'aéroport de Naples, citadelle au baiser de feu. En descendant la passerelle, Adrien s'arrête quelques secondes pour scruter du regard la lumière blanche et laiteuse. Le sol bitumé sur une odeur de poussière chaude se mélange avec une émanation de kérosène et le léger parfum iodé de la mer. Louise est déjà en bas, elle fait traîner le temps. Adrien la revoit, telle qu'elle était au pied du podium le soir de leur rencontre. Elle se sent lascive, légère et libre. Louise est souriante, sa peau est lisse comme du marbre. Elle ne porte pas de trace des épreuves qu'ils ont traversées. Elles semblent avoir littéralement glissé sur elle. Elle paraît solide, force tranquille de la nature, avec son visage d'éternelle adolescente, ses expressions enfantines, et ses sourires malicieux. Louise se montre si forte. À moins qu'elle ne vive, en réalité, exactement l'inverse. Peut-être livre-t-elle un combat contre ce qu'elle pense ne pas pouvoir supporter, de peur que ses émotions lui fassent littéralement sauter la tête. Assurément tout cela n'est qu'une façade. Il se peut qu'elle ne soit tout simplement pas capable de mettre des mots sur ce qu'elle ressent. Adrien a la sensation qu'elle a installé une distance avec elle-même et avec ce qu'ils partagent. Louise semble rationnelle, anesthésiée de tout ressenti. En surface, elle fait mine de tenir le coup. Incapable de décrire réellement ce qu'elle a vécu. Tout est centré sur l'action. Elle a coupé les ponts avec ses émotions enfouies. Elle n'a plus accès à la part intime de son histoire, elle vit en surface. Son état intérieur ressemble à un désert que rien ne semble pouvoir atteindre. Ils parlent peu de ça. Louise sait se mentir à elle-même, faire abstraction et avancer.

Elle a grandi dans l'art chirurgical du secret, consécutivement au drame familial qu'elle a subi lorsqu'elle avait quatre ans. C'était un soir d'été dans le sud de la France. La Lune était pleine. Translucide. Louise était allongée sur un transat, buvant le ciel, l'esprit libre, divaguant avec Anémone, sa doudou-poupée, dans les bras. Alors qu'elle poussa un énorme soupir de bonheur, son père s'installa près d'elle. Discrètement comme un chat. Il posa sa main tendrement sur la sienne et laissa filer quelques étoiles. « Louise, ma chérie. » Trois mots, et déjà une tonalité différente dans sa voix le trahissait.

Le cœur de Louise remua étrangement. Il avait compris avant sa conscience qu'une chose de pas nette allait venir, un truc moche, qu'elle n'aimerait vraiment pas. Son père enchaîna le regard planté dans le sol. « Ta petite sœur est partie, elle s'est endormie pour toujours ». Il s'effondra au pied de sa fille.

Louise pleura puis se mura dans le silence le reste de la soirée et écouta l'univers. C'est à cet instant qu'elle fit, pour la première fois, du silence son meilleur allié. Isabelle, née trois ans après Louise, était morte dans son berceau. La mort subite d'un bébé reste encore inexpliquée dans la plupart des cas. Il y a cent ans, la perte d'un enfant était presque habituelle. Mais en cette fin de 20e siècle, perdre un bébé est plus rare et est vécu comme un traumatisme. Il a été vécu comme tel par les parents de Louise. Le silence a été leur rempart.

Les affaires d'Isabelle ont été jetées. Les photos de la grossesse de Françoise et du bébé rangées dans une boîte à chaussures, elle-même cachée dans un carton avec d'autres souvenirs, lui-même planqué au fond du grenier. Là où personne n'irait jamais le chercher. La petite Louise a été dévastée par cette perte qu'elle n'admettait pas. Mais après avoir pris le temps de la consoler, Françoise et Éric lui ont clairement fait entendre qu'il était désormais interdit à Louise de parler de sa petite sœur. Isabelle était très heureuse d'être dans le ciel avec les petits anges et ce serait une « grosse bêtise » de parler d'elle et par conséquent de la déranger. Quand Louise a été en âge de mieux comprendre ce qu'il s'était passé, Éric lui avait expliqué de manière douce mais ramassée que, pour le bien de Françoise, qui en souffrait encore beaucoup, il préférait que cela reste entre eux. Il était inutile de le colporter aux jumeaux qui de toute façon ne l'ont jamais connue.

— C'est important que tu me promettes de ne jamais en parler à personne. Jamais. C'est notre secret. Tu peux me le promettre ma chérie ?

— Oui je te le promets papa, je n'en parlerai à personne. Jamais.

Louise a appris à se taire. Elle aime foncièrement son père, sa constance, sa force, son humour et son amour infini pour ses enfants. Elle admire le courage de ses parents, leur volonté d'avancer, de préserver la famille sans rien laisser paraître. Louise a tenu parole toute sa vie.

*

Adrien et Louise atterrissent ici mais ils auraient pu atterrir n'importe où. Ils voulaient quitter Paris quelques jours, oublier leur échec, retourner à la source. Tout changer pour que rien ne change. Ils sont entre parenthèses, dans un *no man's land*, en transit. Ils le savent l'un et l'autre, une ombre plane sur eux. Cette ombre c'est leur Vésuve, un colosse endormi, prêt à les assiéger. Ils sont dans l'inspiration du couple, tout en retenue.

Arrivés avec Adrien à l'aérogare, Louise s'éclipse aux toilettes. Elle y court à petits pas enlevés, ses bras se balancent de gauche à droite, comme des ailes désarticulées. Ses cheveux swinguent dans le sens opposé. C'est l'envol d'un jeune albatros. Adrien se poste au tapis numéro 3 pour récupérer les bagages, il est éteint. Il se déteste, il a le sentiment d'aller tout droit à sa perte, et a du mal à imaginer que les choses pourraient s'arranger. Leur embourgeoisement, celui de sa famille, de ses amis, l'enfant qu'ils n'auront pas, tout ça l'asphyxie. Il se sent las et vidé. Il connaît des phases de déprime pendant lesquelles chaque geste du quotidien est une lutte. Se lever le matin, se raser, s'habiller, faire ses lacets, appeler les clients, aller à un rendez-vous sont autant de petites victoires à aller chercher, jour après jour. Il s'enferme parfois de longues minutes dans les toilettes, assis sur la cuvette. Les yeux rivés sur son écran, hébété, il fait défiler nerveusement les applications. Sa vie est d'une vacuité absolue. Heureusement, cet état n'est pas permanent ; il a aussi des phases d'euphorie, où tout semble rouler, il veut sortir, voir des gens, bouger. Son agitation s'accompagne d'une période d'achats compulsifs, d'une soif de consommer. Les va-et-vient émotionnels d'Adrien sont modérés et encore peu perceptibles par son entourage qui les mettent sur le compte des tohu-bohu de ces derniers mois. Mais lui sait qu'il s'accroche toujours à son désir impossible d'enfant, à sa virilité perdue, à son avenir, à ses projections, à l'homme qu'il aurait voulu être. La dépression le menace, ce n'est plus qu'une question de temps.

Louise sort des toilettes, gesticule dans tous les sens, fait de grands signes du bras. Son visage est difforme. Adrien ne comprend pas ce qu'elle veut. « Adrieeeeeeeen, les baaaagages, les valises, prends les valises »… les valises ? Ah oui les valises ! Il se rassemble et essaie d'attraper leur bagage qui lui échappe et repart faire un énième tour sur le tapis.

Le temps se compresse. Louise et Adrien prennent le taxi qui doit les mener dans le *centro storico* de Naples. Le chauffeur sort, met les affaires dans le coffre :

— Allora dove state andando ?

— Al palazzo Caracciolo per favore.

Il monte, regarde où se trouve leur hôtel sur son GPS et accélère. Jovial, il fredonne un opéra dont Adrien devine que c'est *Cosi fan tutte*. Ils filent entre les ruelles étroites, rasent le mur des maisons à la peinture décrépie, des scooters les dépassent en klaxonnant. Adrien entend le son de la voix de Louise qui lui parle de Naples, elle commente les quartiers.

— Je suis heureuse d'être ici ! Enfin une bouffée d'air. Ça nous fera le plus grand bien. Tu as eu raison de prendre les billets, mon prince. Au fait, connais-tu la tradition du café suspendu ? Non ? Eh bien savais-tu, mon amour, qu'à Naples, dans certains bistrots, quand tu achètes un café, tu peux en commander un deuxième que tu ne consommes pas ? C'est ce qu'ils appellent le café suspendu. J'adore l'expression. Et si un fauché du quartier passe par là et demande un café suspendu, il l'aura gracieusement grâce à toi. Je l'ai lu dans le guide, regarde.

Elle lui tend le *Guide du Routard*. Adrien jette un œil distrait, ouvre la fenêtre et absorbe l'air chaud de la ville. Dehors c'est la cohue. Naples est foisonnante, brûlante même. Il acquiesce sans réfléchir, mécaniquement.

— Oui, c'est magnifique d'être ici, on prendra des cafés suspendus demain matin.

*

Lorsqu'ils arrivent à l'hôtel, Adrien fait couler un bain pour Louise, avec des huiles essentielles. Un bain qui invite à l'oisiveté, qui suggère de prendre tout son temps. Puis il se jette lascif sur le lit. Il est prêt à s'écraser et repartir en exploration de lui-même.

Il dégaine son portable de sa poche, déverrouille l'écran et ouvre ses SMS. Il y a deux messages de son opérateur téléphonique lui précisant les conditions tarifaires en Italie, et un troisième message envoyé par Flore. Son cœur se resserre. Il ressent une excitation soudaine qui se confond avec son anxiété. Ses muscles se tendent, son regard est à l'affût, sa gestuelle incertaine, et nerveuse. « Orion mon bel homme, tu es arrivé sur cette terre de feu qui te va si bien. J'écris de Yazd, je pars m'enfoncer un peu plus dans le désert. Je ne sais pas si je pourrai t'écrire demain. Nous serons l'un et l'autre dans ce silence nécessaire pour "être". Ce soir, je vais cueillir pour nous une étoile. Et j'embrasserai cette terre aimée comme si c'était ta bouche. »

Ce message le cueille. Avec Flore, il a contraint son corps, ils ont érigé des digues. Il est hors de question de trahir sa femme, même de manière fantasmagorique. Une femme qui l'aime tel qu'il est, malgré son infertilité qui achève son rêve d'être mère un jour. Elle ne lui demande rien d'autre qu'il soit ce qu'il est et accepte tout, y compris ses moments d'absence de ces derniers mois. Quant à Flore et Adrien, seuls quelques baisers se sont échappés de leurs prisons corporelles. Mais il sait que son désir irrépressible est là, à l'affût, guettant sa volonté comme une proie. Ces derniers temps, Adrien a rêvé qu'ils se voyaient plusieurs fois par semaine, parfois à la volée. Ils se sont aventurés en dehors de l'atelier de Flore, au théâtre, à la quête de spectacles poétiques, ils ont flâné dans les rues de Paris la nuit, se sont embrassés sous les vers du *Bateau ivre*, rue Férou, se sont retrouvés dans les chants sacrés de l'église orthodoxe rue Daru, et se sont cachés en fond des salles, dans les restaurants parisiens. Ils ont voyagé dans des pays lointains et combattu des armées de géants aux visages difformes, ils ont gravi des cimes sidérales, marché le long de précipices vertigineux, ont échappé à la mort et se sont écrasés plus d'une fois en aéroplane. Avec Flore, Adrien a visité ses vertiges et ses aspirations de voyage, de poésie, de romantisme, d'aventure, d'au-delà. Ses rêves sont l'écho de sa voix intérieure qui ouvrent l'espace de l'effroyable et du merveilleux. Il s'est donné rendez-vous avec lui-même, avec sa figuration du « soi ». L'infidélité, telle qu'elle se présente dans ses rêves, correspond à la façon dont son inconscient se représente la relation qu'Adrien entretient avec lui-même. Elle lui indique qu'il n'est pas fidèle à ses propres aspirations. Pour se libérer, il se doit d'aller au bout de cette histoire qui n'a pas encore révélé tous ses mystères et ses enseignements.

Adrien visualise son message. Il a les mains comme des lépidoptères, et écrit à toute allure. « Couvre-moi de baisers d'amour Flore, enveloppe-moi. J'aimerais m'allonger et te sentir contre moi, ta tête plongée dans mon épaule, dans un silence. Alors tout sera aligné, le monde pourra s'arrêter de tourner, être à l'arrêt. Deux êtres seraient en son épicentre, en son cœur, comme un feu. Deux êtres qui pendant quelques minutes, ne demandent rien. Tout simplement être en paix. Alors je ne serais plus seul. Jamais. Je pourrais trouver l'apaisement. » Il presse le bouton envoi et efface le SMS. C'est un accord avec Flore, ils se sont promis d'effacer toutes leurs correspondances SMS, mails et lettres. Ne laisser aucune trace, surtout dans un mirage.

Louise sort trempée de la salle de bain.

— Mon prince ?

Adrien fait un soubresaut et s'éveille.

— Tu dormais ?

— Quoi ? Oui pardon.

L'atelier de Flore, poème le *Bateau ivre*, le désert de Yazd,

Flore, les chants sacrés, le désert, la confusion, le besoin d'être aimé, ne pas se sentir seul, une rechute dans le voyage de l'être. Une perte de repère.

L'esprit embrumé d'Adrien.

La varicocèle

3 ans, 5 mois avant le jour 0

Allongé sur le lit du centre d'imagerie médicale de Tourville dans le quartier huppé du 7e arrondissement de Paris, Adrien ressemble à une femme enceinte qui vit sa première échographie, nu sous sa cape verte de super zéro. L'andrologue rentre dans la pièce, la fiche médicale d'Adrien à la main.

— Bonjour, Monsieur… Monsieur… Delattre.

Il tire d'une boîte distributrice des gants transparents blancs. Il enfile le premier sur sa main gauche qu'il lève haut. Il semble toucher le plafond, joue avec ses doigts, puis enfile le gant droit. Pour l'instant, il ignore Adrien, qui n'est qu'un tas de viande étendu sur un lit. L'andrologue s'approche, prend son temps et s'installe sur sa chaise à la droite de son patient. C'est un astronaute qui pilote un poste de commande avec un écran de contrôle et de gros boutons de lancement. Engoncé dans sa blouse blanche, il est fin prêt à s'attaquer à l'échographie de l'appareil génital masculin, une planète qu'il connaît par cœur.

— Bon, allons voir ce qui se passe là-dedans.

Cet homme aux cheveux grisonnants, la bonne cinquantaine, visage rond, voix calme, à peine audible, masse et analyse des testicules depuis vingt-et-un ans. Vingt-et-un ans, tout de même. Christian Benimou est un médecin posé. Des patients, il en voit défiler à longueur de journée. Il en a palpé du testicule, bien caché dans sa clinique privée de l'arrondissement le plus cher de Paris. Et il est payé pour ça, le bougre. Il aimerait plausiblement prendre plus de temps, cependant il ne peut pas trop s'attarder sinon ça coince à l'accueil. Son job c'est de scruter et fournir une première analyse. C'est ce qu'on lui demande, ici, dans cette clinique. Puis, hop au prochain, c'est ça son job. Adrien l'observe préparer son matériel en silence, le gel, la sonde, et ses gants. Mais quelle mouche a bien pu piquer Christian ? À quel instant a-t-il décidé d'orienter sa carrière vers cette voie-là ? Un échec amoureux avec une camarade en médecine générale ? Une réminiscence de ses premiers touchés sexuels avec un cousin à la préadolescence pendant les vacances de la Toussaint à Carnac ? Ou tout simplement un besoin de comprendre les sources de la vie ? Quel est donc ce cheminement qui amène Christian à appliquer, maintenant, minutieusement du gel sur les parties intimes d'Adrien ? Adrien le regarde fricoter et sent la sonde froide sur ses testicules. Ça le fait tressaillir brièvement. Il aimerait penser à autre chose et s'échapper en imaginant les yeux fermés vivre un instant de sensualité absolue. Mais couché avec sa super cape verte relevée jusqu'au bas ventre, les jambes légèrement écartées avec Christian qui pourrait être son père, et qui sonde ses couilles avec du gel, il se sent tout simplement con. Il ne se sent pas seul, ni triste, ou désemparé, ou perdu, non, juste bête. Et il sourit donc en toute logique bêtement. Dans cette situation burlesque, il n'a rien à quoi se raccrocher. À peine un espoir.

Sur l'écran de contrôle, ils voyagent dans ses testicules. Christian et lui prospectent, ils cherchent là où ça coince. Adrien suit son guide qui promène sa sonde. Il s'arrête brièvement quand il pense avoir trouvé une piste, un indice, s'approche de l'écran, vérifie et continue à la balader sur ces pentes escarpées. Christian essaie de déceler d'éventuelles présences d'obstacles qui pourraient expliquer la situation d'Adrien. Puis, il ralentit à nouveau, mais il y a dans ce mouvement-là une légère tension comme un chien aux abois. L'expression de son visage change, sa main est immobile, ils ont tous les deux le regard rivé sur cet écran, concentrés, arrêt sur image. Ça y est ! Il a trouvé ! Il tournoie sur « le » lieu-dit avec sa sonde, s'arrête à nouveau. Il y a bien un souci dans le testicule gauche, c'est là, visible, sous leurs yeux. Il esquisse un très léger sourire, celui de l'orpailleur qui a trouvé une petite pépite. Il y a une anomalie de la voie génitale, elle porte un nom, cette anomalie : « la varicocèle »[8]. Il recule, s'enfonce comme il peut dans le dossier de sa chaise et tente une explication, précautionneusement. Manifestement, Christian aime prendre son temps. Il est lent, très lent et depuis toujours certainement. Enfant déjà, quand il s'agissait de faire du sport, il devait être à la traîne, toujours le dernier dans les courses à pied, il devait avoir l'air de faire du surplace dans des fringues trop amples pour lui. C'était la risée de toute l'école. Intellectuellement, ça devait fuser, mais dans l'action il était plutôt flegmatique. Ce n'est vraiment pas un type qui se précipite. Et quand, enfin, il s'apprête à parler, qu'il trouve les mots justes, des mots précis, en face de lui c'est un enfer. Le temps s'étire.

8. La varicocèle est une dilatation variqueuse des veines (varices) du cordon spermatique (situé dans les bourses, au-dessus et autour de chaque testicule). Cette dilatation est la conséquence d'un mauvais fonctionnement de valves situées dans les veines. Le sang ne parvient plus à remonter le long des veines pour rejoindre les veines plus importantes (veine rénale gauche et veine cave inférieure). Source : www.doctissimo.fr

Christian esquisse à la façon d'un paresseux un mouvement lent, presque le début d'une impulsion, pour accompagner son propos :

— Monsieur Delattre, vous avez, comme nous le disons dans le langage médical, et pardonnez-moi si le jargon que je vais utiliser ne vous semble pas très clair, une dilatation du cordon spermatique. Pour être plus précis…

Il expose la chose, en n'omettant aucun détail, c'est un bain de paroles. Il parle de système de drainage, de veines, de valves. Adrien comprend qu'il a un sacré problème de tuyauterie. Il y a des soucis de flux et de reflux, Christian le lui l'explique, l'index gauche collé à l'écran de contrôle. Adrien est pris dans le fil de l'histoire, un tourbillon médical, tout est décortiqué, expliqué de manière rationnelle, pianissimo. Il est une tuyauterie en dysfonctionnement, et il le voit grâce à cet appareil qui l'explore. Il perd encore une part en plus de sa masculinité, sa source même, il le ressent physiquement. Et avec ça, il a le sentiment que son désir sexuel se consume plus encore, comme une flamme, jusqu'à l'extinction. Il est pris d'un vertige cyclopéen, il aimerait fuir, être ailleurs.

Il est tétanisé. Que reste-t-il de l'homme qu'il est ? « Je ne peux avoir d'enfant, je ne peux pas perpétuer la vie, je ne sers donc à rien. » Ses testicules sont inopérants. Cette annonce provoque chez lui un séisme psychique, qui entraîne l'incrédulité et le déni. Mais la technologie ne sonde pas l'âme ni les profondeurs de son être. Et si c'était là qu'il fallait plonger ? Si c'était dans ces immensités que se trouve l'essence même de la vie ? Une essence insaisissable par la science.

Christian et lui prennent enfin congé. Adrien passe par l'accueil chercher le compte-rendu de l'examen médical et ses prescriptions. Il patiente une dizaine de minutes, sagement, assis, élève studieux sur une chaise en plastique, les deux mains sur les genoux, l'esprit qui divague gentiment, tristement en réalité. Il est appelé par la secrétaire, règle la consultation et prend l'enveloppe. Inutile de l'ouvrir, il sait ce qu'elle comprend. Un papier A4 à en-tête avec le logo de la clinique, des résultats de « l'échographie du contenu scrotal », une conclusion qui aboutira à un traitement chirurgical, soit par incision classique, soit par cœlioscopie, un instant cinéma, une caméra introduite par incision dans son abdomen – une signature. C'est un second uppercut qui le secoue et le fait douter. Doivent-ils réellement passer par tout ça pour avoir un enfant ?

Instant volé

6 mois, 1 semaine après le jour 0

Adrien prend le métro. Un homme monte à l'arrêt Concorde, il a à peu près la quarantaine. Il est grand, fin, ses cheveux sont courts, poivre et sel, il porte un costume neuf, bien taillé et des chaussures cirées. Rien ne dépasse, il est impeccable. Un cadre supérieur, débonnaire et sérieux, dont Adrien sait qu'il est aussi ennuyeux que consciencieux. L'homme traîne un regard vague dans le wagon, l'observe furtivement, comme si sa tête lui… oui sa tête lui disait quelque chose… Enfin… Peut-être… Et puis non, ça ne lui revient pas. Il s'avance, s'assied indifférent face à lui. Adrien respire et comprend qu'il n'a vraiment aucune idée de qui il est. L'homme sort méticuleusement une tablette de sa pochette en cuir noir et se plonge sur l'écran, l'air satisfait.

Il aime le travail bien fait, ça le rassure, ça lui donne de la prestance. Adrien l'a vient de le reconnaître, son cœur s'accélère. Cet homme est marié, il a cinq enfants et une grande et belle femme aux cheveux très longs et noirs, les yeux légèrement en amande, et la peau blanche satinée. Une femme qui a cessé de rêver depuis longtemps. Une cendrillon qui pensait avoir trouvé le prince charmant et qui a sacrifié ses rêves de jeune fille sur l'autel de la vie de famille. Cette femme a été sa maîtresse l'espace d'une nuit, quelque temps après l'échec de la deuxième FIV. Une période de doutes, de perte d'espoir, un moment volé après un dîner bien arrosé chez des amis communs. Louise n'était pas à Paris. Le mari de la belle brune, lui, s'était éclipsé, tôt, trop tôt, naze, éreinté par sa semaine de boulot. Elle s'appelait Isadora et il l'a ramenée chez lui. Ils ont fui leur réalité. Ils se sont mis en quarantaine, une embardée folle dans le salon, un conte qui s'écrit sur le coin d'une table, et un adieu dans la nuit. Le temps pour elle de s'échapper. Le temps de retrouver un nouveau carrosse qui pourrait l'emporter vers la poésie du tout premier instant de la séduction. Un instant où la femme se sent femme, l'instant de tous les possibles. Pour lui, une soupape, une respiration lâche, poussée par le désir et l'orgueil. Celui de se sentir à nouveau un homme. Après leurs étreintes, elle s'est épanchée, submergée par son besoin de confier ce qu'elle n'arrivait plus à confier à personne, comme prise au piège. Elle a craqué, fatiguée d'un quotidien dont elle n'avait plus grand-chose à attendre. Son quotidien de femme au foyer l'avait trop éloignée de ce qu'elle espérait façonner, de ses aspirations profondes. Isadora était épuisée par cette vie sans fougue. Une vie où chaque jour se répète inlassablement comme un refrain.

Le soir, son mari rentre du travail, bienveillant, sérieux, l'embrasse très furtivement sur la bouche, du bout des lèvres, satisfait de la savoir là, jour après jour, fidèle au poste. Heureux de savoir que les enfants ont bien pris leur bain, propres et récurés, qu'ils ont été sages, nourris et prêts à être mis au lit. Lui, fier d'être cet homme qui gagne très bien sa vie et qui ramène l'argent à la maison. À un rythme hebdomadaire, généralement le samedi, inconscient de ce qui se trame dans le cœur de sa femme, il est prêt à cueillir son dû d'époux aimant. Il se glisse dans le lit conjugal en prenant particulièrement son temps, tout en délicatesse. Oui, il a une idée très précise derrière la tête. Elle, elle prie pour qu'il n'ait plus le cœur à ça. Vient alors l'instant tant redouté, le corps d'Isadora est tendu. Elle respire pour le relâcher. Son mari respecte toujours le même processus. Il lui caresse d'abord le bras gauche, comme pour s'excuser, puis lui baise le cou et lui prend la bouche. Elle ferme les yeux, il se retourne et se positionne au-dessus d'elle. Elle s'ouvre à lui, ferme les yeux plus fort encore, essaie d'oublier, pense à son engagement, au mariage. Pourvu que cela passe vite. Elle simule, remue légèrement, émet un léger son. Il faut presque tendre l'oreille pour l'entendre. Après, vient pour Isadora un sentiment de dégoût et de révolte triste. Elle se mord les lèvres, elle aimerait l'engueuler fort, le bousculer, le frapper même avec ses poings contre son torse d'homme éteint et faire surgir du suprême. Car elle le sait, il lui reste encore un fond d'amour pour son mari sinon pourquoi ferait-elle tout ce cinéma ? Mais rien ne sort, il est difficile de crier sur un mari irréprochable. Alors elle se tait, et se laisse aller dans le courant du quotidien.

Ils arrivent à la station Châtelet. Adrien regarde l'homme une dernière fois, et descend.

L'homme

3 ans, 3 trois mois avant le jour 0

Retrouver le docteur Bargerot est à présent un rituel. Une incantation. Ils se sentent en sécurité avec elle, les étapes à suivre se précisent, elle officie. Sa salle d'attente est un purgatoire familier. Ils y ont feuilleté tous les magazines people qui traînaient sur les tables basses, des vieux *Gala*, et des *Voici*, certains datent de l'année dernière, les pages sont écornées, voire déchirées. Ils ont aussi eu largement le temps d'étudier en détail le seul ornement mural, une copie du *Green on blue* de Rothko. Un tableau abstrait composé simplement de deux couleurs que le peintre a posé sur la toile en aplats aux bords indécis. Un tableau qui rassure, un horizon noir de gris immobile qui flotte au-dessus d'un océan bleu. Le calme avant la tempête, avant le déchaînement des éléments. Il est leur ligne d'horizon. La salle d'attente se trouve au rez-de-chaussée, il y a des fauteuils en cuir noir, réparti en îlots, et deux fenêtres qui donnent sur rue.

Ils devinent à travers les voilages les passants pressés d'aller au bureau. Éparpillés comme des marguerites dans la salle, des femmes seules et un couple mal sapé, dont la mine ne laisse aucun doute, il s'agit de leur premier rendez-vous. Le regard est fermé, le corps en dedans, ils vivent l'angoisse de l'inconnu.

Louise et Adrien patientent, ils sont deux inséparables, des Agapornis roseicollis, installés dans ce grand salon d'un immeuble haussmannien. Ils avaient rendez-vous à neuf heures, Louise a prévenu le bureau qu'elle arriverait peut-être plus tard ce matin. Il est 9 h 36 et pas de docteur Bargerot en vue. C'est une leçon de patience à tous les stades du processus. Le prochain rendez-vous d'Adrien sur son nouveau chantier n'est prévu qu'en fin d'après-midi. Il ne se préoccupe pas du temps. Cet après-midi, il doit retrouver Carla, une veuve sans enfant de cinquante-cinq ans, héritière d'une belle fortune, désireuse de réaménager sa maison, un nouveau départ. Elle a déjà procédé à un premier ravalement de façade, très personnel, au niveau des yeux, des lèvres et des seins, s'il en croit les deux obus qui le visent d'un air menaçant quand il lui parle très sérieusement de ses propositions, architecturales celles-là. Adrien a de l'affection pour cette femme qui souhaite rester dans la postérité comme une femme qui a su faire de sa vie une fête. C'est sa joie, remplir le vide de ses trois cents mètres carrés au cœur de Paris du rire de ses convives et voyager à travers le monde d'une sauterie à l'autre pour avoir le sentiment de l'avoir définitivement comblé. Comme elle aime le préciser dans son accent franglais, *« girls want to have fun »*. Carla est suédoise, elle a connu son mari, de vingt ans son aîné, quand elle était une jeune étudiante en France. Un golden boy au teint hâlé, un mètre soixante-cinq au garrot, divorcé, deux enfants, aucune envie d'en avoir d'autres.

Elle a cédé aux sirènes du luxe et de la volupté, et elle a accepté le deal. Dès le début de leur histoire, elle a renoncé à donner la vie. Maintenant qu'il est mort, elle décide de la brûler. Carla est une femme qui rassure Adrien et qui lui redonne de l'espoir. Une vie est possible sans enfant. Et il sait à présent qu'à défaut d'être un mâle reproducteur, il pourra toujours faire fortune et trouver une femme joyeuse, pourquoi pas légèrement vénale, avec laquelle il tâchera de faire du reste de sa vie une fête.

Des talons claquent sèchement sur le parquet du couloir d'entrée. C'est Marie-Hélène, perchée à dix centimètres du sol, chaussée Louboutin, pantalon noir, élancée, sourire pincé, elle leur fait un signe sec de la tête. Elle donne soudainement l'envie à Adrien de parler l'allemand. Louise et lui se lèvent de manière synchronisée. Ça y est, c'est reparti. Le temps dans son cabinet est optimisé, chacun se connaît bien à présent, les échanges d'amabilité se font plus vite. Plus de temps à perdre. Il s'agit d'avancer, c'est au couple de donner le tempo, choisir les dates d'interventions, vérifier les agendas avec elle et l'urologue, caler les rendez-vous. Ils le savent, dans leur cas, l'origine de l'infertilité est masculine. Marie-Hélène prend néanmoins le soin de le préciser calmement : « Contrairement aux idées reçues, la cause de l'infertilité n'est féminine que dans un tiers des cas, un tiers des infertilités sont d'origine masculine et le dernier tiers est d'origine masculine et féminine associés. » Si elle le dit pour les rassurer, d'une voix aimable, elle le rappelle surtout pour en finir avec l'idée préconçue que la femme porte à elle seule la responsabilité de l'échec de l'enfantement. Il s'agit, pour elle, de déloger un mythe enraciné comme une mauvaise herbe depuis trop longtemps dans notre société. Elle ferme cette courte parenthèse et revient au plan d'action. Il faut trouver une solution au problème de conduit qui est censé se charger d'amener les bolides d'Adrien jusqu'à l'urètre où ils devraient être expulsés comme des boulets de canon lors de l'éjaculation. Elle a aussi des doutes sur sa capacité à produire des spermatozoïdes de qualité.

— Ça pourrait être dû à des facteurs physiques, psychiques et nutritionnels. Le taux de fécondité en France, et ailleurs dans le monde, ne cesse de baisser à cause de ça, vous n'êtes pas une exception. Les produits présents dans les plastiques, les cosmétiques et les emballages alimentaires sont aussi à l'origine de nombreux troubles. Les études démontrent que la proportion d'hommes potentiellement concernés par un traitement de fertilité a augmenté de manière flagrante au cours des deux dernières décennies, on parle d'une hausse de 9 % en moins de quinze ans. Notre monde moderne altère gravement le développement reproductif masculin et féminin et met en péril l'avenir même de la race humaine.

Le stress, la pollution atmosphérique, les pesticides, la malbouffe, la clope, l'alcool, les perturbateurs endocriniens sont autant de facteurs qui abîment gravement la qualité des spermatozoïdes. Notre mode de vie étouffe la source même de la vie. Ce n'est pas une surprise, l'urologue, le docteur Stéphane d'Argenton, avait déjà préparé le terrain. Adrien a une étiquette. Il est un asthénozoospermopode doublé d'un tératozoospermopode. Une espèce mâle en bout de chaîne de reproduction. C'est une leçon d'humilité. Assis au milieu des deux femmes, difficile pour lui de se sentir être encore un homme. Il a l'impression qu'il ne bandera plus jamais de sa vie. Il se sent honteux et misérable.

Marie-Hélène expose l'étape suivante, Adrien l'appréhende, il se tasse.

— Pour augmenter les chances de succès d'une FIV, il faudrait que le docteur d'Argenton procède à une biopsie, cela peut se faire assez vite. Vous seriez disposé à passer par cette intervention ?

Adrien chancelle, l'idée même qu'on aille puiser dans ses testicules pour recueillir des spermatozoïdes valides le terrifie. Elles le ressentent déjà, se rétractent, elles ne sont plus que de minuscules billes qui se recroquevillent. Sa virilité s'effrite décidément de plus en plus. Il a le sentiment que son désir sexuel se meurt définitivement au passage. Il y a là, au centre de son corps, une *no go zone*. Il n'a plus entre mes jambes que des objets ballants, encombrants, morts.

Marie-Hélène ne le lâche pas des yeux, ce n'est pas un regard qui interroge, mais un regard qui encourage, soutient et affirme, qui semble dire : « Mon vieux, ce n'est pas le moment de lâcher l'affaire ». Il ose à peine tourner la tête vers Louise.

À sa gauche, c'est l'hécatombe, il entend un sanglot suivi d'un deuxième à l'étouffé. Il meurt de chaud soudainement, il sent son front qui commence à perler. Il se rassemble, se prépare mentalement, et lâche l'affaire. « Oui c'est d'accord, évidemment ». Ces mots ont été prononcés, ils ont traversé l'espace, chacun a pu les entendre, c'est dit, c'est irréversible. La main de Louise se pose sur sa jambe, ils vivent un mélodrame de chambre. Ils se regardent la larme à l'œil. Louise se relâche, soulagée, son homme a eu le courage qu'elle attendait de lui. Elle n'aurait pas admis une autre réponse. Si Adrien s'était défilé, elle l'aurait quitté sur le champ sans lever la voix, sans crier mais de manière irrévocable. Son mari peut être infertile mais lâche, ça non. Qu'il ne se batte pas pour un projet de vie aussi essentiel, son projet de vie, leur amour, elle ne l'aurait jamais accepté. Sa déception aurait été trop grande, elle serait passée à autre chose. Adrien n'aurait pas été à l'image qu'elle se faisait de l'homme qu'elle a épousé. L'homme à qui elle a donné sa main. La symbolique du geste prend toute sa dimension dans le cabinet du docteur Bargerot. Louise est réconfortée et fière de son mari.

— Bien, je vais prendre contact avec le docteur d'Argenton pour que nous puissions procéder à la fécondation in vitro dans la foulée du prélèvement. Selon nos calendriers, nous devrions pouvoir caler ça d'ici deux à trois mois. Si cela vous convient ?

— Bien entendu.

Ils passent à la prochaine étape.

*

— Oui, oui, je suis en route, c'est la course, j'arrive. Je sors de mon rendez-vous avec Carla, elle n'arrivait pas à se décider, elle a hésité et m'a demandé de tout recommencer. L'horreur. Je dois lui faire une nouvelle proposition d'ici demain. Je vous retrouve au restaurant. Je suis là dans quinze minutes grand max. À tout de suite, je t'aime.

Ce soir, ils fêtent le vingt-septième printemps des jumeaux. Pour l'occasion, ses parents sont descendus spécialement à Paris. Tout le monde est là, fidèle au poste. Capucine évidemment, Éric, Françoise, Amaury, sa femme Mathilde et Louise. C'est tout le clan qui l'attend. Comme d'habitude, il arrive en retard. Il les retrouve à La Gare, une brasserie près de la porte de La Muette. Adrien descend les escaliers qui mènent à la grande salle. À peine entré, l'assemblée familiale lance « Aaaaahhhh leeuu voilàaaa ». Son arrivée donne une nouvelle impulsion à leurs discussions. C'est un événement, qui n'en est pas un.

— Pardonnez mon retard, j'ai fait au plus vite !

Amaury lui lance narquois :

— Ne t'inquiète pas Adri, on ne se formalise plus tu sais, on connaît la bête maintenant.

Ces deux-là ne se sont jamais entendus et le temps n'arrange pas les choses. Adrien s'installe à côté de Louise, elle lui jette un regard tendre et conquérant. Elle est encore dans l'énergie de la matinée, elle pense à l'opération qu'il va subir, à sa FIV, au transfert et là, tout de suite, à la lumière qui pourrait jaillir.

Pendant quelques courtes secondes, ils sont dans leur cocon, coupé du monde extérieur. Éric s'apprête à rompre le silence et interroger : « Bon alors… quoi de neuf? ». C'est sa petite combine, lancer à la volée cette question toute faite. Il le fait mécaniquement, sans élan, la voix poussive, quand rien ne vient et qu'un long silence pourrait s'installer, avec dans son sillage, le vide, et plausiblement le questionnement intérieur. Sa question induit une réponse, une suite, une histoire, une anecdote même anodine. Adrien projette de lui répondre : « Mais rien, mon cher Éric. Regardez autour de vous. Rien de neuf, vous voyez bien, ni pour nous, ni pour vous, ni pour les autres ici autour de cette table. Rien qui puisse bousculer les lignes d'une vie à l'encéphalogramme plat, étriquée, toute tracée comme il faut. » Mais il comprend qu'il serait à côté de la plaque. Il sait qu'il exprimerait sa frustration du jour. Ce seraient les mots d'un homme qui se sent hors du cadre et honteux de son mal. Car ce qu'Éric cherche avec toute sa bienveillance paternelle, c'est d'être sécurisé, d'entendre que sa meute va bien, qu'il n'y a pas de pépin, que ça roule, à commencer par la santé. Et quand le sujet sera épuisé, clos, qu'il sera tranquillisé, il finira heureux avec sa virgule de fin « … c'est bien » et Éric pourra dormir sur ses deux oreilles. Pourtant, il connaît leur situation. Il s'informe discrètement par téléphone, suit l'évolution. Il est inquiet et il le cache. Mais quand il balance son « Bon alors… rien de neuf? », il ne s'attend pas à voir à l'autre bout de la table Amaury se dresser comme une vague, repousser sa chaise loin derrière lui, un verre à la main, avec à ses côtés Mathilde qui rougit et regarde son jeune mari comme si elle voyait le Christ. « Si, Mathilde et moi avons une annonce à vous faire ». La nouvelle apparaît comme une lapalissade et Mathilde baisse son regard dans un geste d'humilité déguisé. Capucine saute sur la réponse « Mathilde est enceinte ! » Mathilde lève la tête, les larmes aux yeux, puis elle sourit : « Oui depuis deux mois ». Toute la table se met en ébullition, c'est un naufrage, tout le monde rit et s'agite. Amaury savoure son cadeau d'anniversaire, celui de Capucine est entre parenthèses, oublié, repoussé aux calendes grecques. « C'est magnifique », « Félicitations », « Oooh bravo ! », c'est une danse autour de la table pour aller embrasser le couple. Louise est dans le mouvement elle aussi, elle rigole, mais de manière à peine perceptible, ça se joue à pas grand-chose, deux petites rides sur les côtés, une très légère moue au niveau des lèvres. Il y a de l'amertume. La nouvelle appuie là où ça fait mal. Elle a le sentiment que l'écart avec son monde se creuse une fois de plus, comme une crevasse.

Louise a même brièvement haï sa belle-sœur. Elle a réprouvé cet élan. Autour d'eux c'est l'expression du bonheur pur, sans aucun voile, sans pudeur, juste une explosion de joie qui embarque tout. Ils devraient, eux aussi, à cet instant-là, juste se réjouir, ne pas ramener cette nouvelle à eux, mais c'est une lutte pour chasser cette douleur lancinante. Louise comptait parler de leur nouveau plan d'action à ses parents, les mettre dans la confidence, chercher un appui. Mais cette nouvelle a emporté le sujet. Ce n'est plus le moment approprié, priorité à la vie, celle qui est déjà là, naissante dans le ventre de Mathilde.

L'évasion

6 mois, 15 jours après le jour 0

Adrien est replongé dans ses profondeurs. Ses émotions sont vagabondes, évasives et contradictoires. Il navigue en lui-même.

Il est au pied de l'immeuble de Flore. Les murs s'élèvent jusqu'au ciel. C'est la tour de Babylone. Autour, il y a le désert. Il laisse passer quelques secondes et pose là son émoi. Il essaie de faire baisser la pression, de canaliser son flux d'émotion. Son cœur fait des bonds de joie, il est encore un adolescent. Elle l'attend, droite devant sa toile, prête à croquer ces hommes et ces femmes qu'elle a rencontrés en Iran. Elle aime ce pays, les gens, son histoire, sa civilisation, le roi Cyrus le Grand, les ruines des Achéménides, le désert de Yazd. Elle y est partie pendant un mois. Et n'est ici qu'en transit avant de repartir. Lorsque Flore était en Iran, ils se sont écrit longuement des messages de partage, des messages qui décrivent l'indicible, des mots qui forgent l'amour, qui l'enracinent, des mots grisants, des mots de joie, de colère, d'amertume, de plaisir, de manque, des mots qui appellent l'autre.

Brièvement, un autre écho lui parvient dans son univers onirique. Plus proche celui-là, plus tangible. Une dissonance dans son échappatoire. La culpabilité. Il s'en veut vis-à-vis de Louise. Il sait qu'elle envisage toujours une adoption. Il s'y était déjà opposé et avait également refusé une insémination avec donneur anonyme. Une claque trop forte pour son amour-propre, une jalousie mal placée, la peur d'être rejeté de la future cellule familiale. Quelle aurait été son attitude face à ce petit être dont les traits lui rappelleraient jour après jour qu'il n'est pas son enfant mais celui de sa femme et d'un parfait inconnu ? Aurait-il eu le courage de faire face au regard inquisiteur des autres qui verraient ce que lui ne verrait peut-être finalement plus ? Et si l'enfant apprend les dessous de l'affaire, que dire ? « Je ne suis pas ton père. Le tien est un type que nous n'avons jamais vu, nous l'avons choisi sur catalogue. Si ça se trouve c'est un parfait looser. Car enfin, quel genre d'homme se branle à longueur de journée pour donner son sperme à des inconnues partout dans le monde ? Toi, tu es arrivé dans un petit tube, tout ça parce que je suis une hérésie de la gent masculine qui rêvait d'avoir un enfant avec la femme que j'aime. » Peut-être aurait-il même été le meilleur des pères, et aurait-il été le plus heureux des enfants ? C'est possible, il ne sait pas, mais il avait signifié une fin de non-recevoir dès que ce sujet-là atterrissait sur la table. Son cœur se referme, une autre larme coule dans son sommeil. Une larme intérieure.

Adrien s'enfonce un peu plus dans des abysses reculés. Flore l'attend, elle est à l'affût. Il pénètre dans la pièce, il ressent une agitation qu'il a du mal à contenir. Flore a un sourire éclatant, vif, un sourire de petite fille, saturé de candeur. Elle bondit vers lui, d'un saut d'elfe, légère comme une plume, elle fond sur lui. Il lui caresse le visage, lui remet sa mèche de cheveux derrière l'oreille droite, prend son visage dans la paume de ses deux mains. Il plonge dans ses yeux bleus, ils restent là, silencieux et immobiles au milieu de son atelier pendant quelques minutes. Elle lui prend la main, l'entraîne sur un grand canapé-lit. Elle l'utilise quand elle n'a plus la force de rentrer chez elle. Elle l'ouvre d'un coup sec et lui sourit à nouveau.

— Adrien, quelle folie de te revoir… Mais quelle joie aussi !

— Nous ne pouvons pas faire autrement, je ne peux pas faire autrement. Je n'y arrive pas.

— Viens je veux te sentir contre moi.

Il n'y a rien à ajouter, juste se soumettre à leur désir commun, retenir les mots et laisser parler leurs corps. Couchés sur le canapé-lit, ils se rapprochent, leurs fronts sont en contact. Plaqués l'un contre l'autre, durs comme du béton, leurs âmes sont connectées. Les corps se nouent au plus près, cherchent la jonction complète, absolue. Fébriles, tremblants, leurs peaux se cherchent, s'appellent. Il enlève son pull puis sa chemise, elle suit son impulsion. Ils sont torses nus, il sent la chaleur de sa peau, de ses seins, elle le réchauffe, les lèvres se cherchent mais jamais autant que leurs regards. Les premiers mots s'échappent. Des mots candides, simples qui se dérobent et se muent en onomatopées. Ils ne peuvent rester emmurés dans le silence. Mais leurs lèvres les supplient de se taire. Il l'embrasse, prend son corps d'assaut. Ses mains s'envolent et se posent sur sa peau dorée, chaude, reprennent leur envol et explorent chaque parcelle de cette femme. Il s'électrifie à son contact, sa soif de Flore est sans fin. Ils s'efforcent d'ériger à nouveau un dernier rempart. Ils se figent un instant. Mais la lutte est vaine, tout l'univers intérieur et extérieur, est là uni dans cette évidence.

Ils sont désormais nus l'un contre l'autre. Il parcourt sa peau à nouveau, du bout des doigts, du bout des lèvres. Il s'attarde sur ses seins, y reste attaché, longtemps, comme à une source vive. Flore et lui voyagent dans cet atelier au cœur de Paris. Adrien voyage au cœur de lui-même, pour toucher une part de vérité, la sienne. Ils naviguent l'un sur l'autre. Leurs corps les racontent. Ils expriment ce lien qui les unit. Ils font l'amour, véritablement ils font l'amour. Des corps emmêlés, des cris muets. Sa chair le parfume, son odeur est piégée dans sa peau.

Leurs cœurs sont des paradis sauvages, et leurs corps sont en fusion. Il est question d'unité. S'unir, l'un avec l'autre, n'être qu'un, juste un, un amour, une âme, un corps. Faire l'amour, le laisser éclore, exploser, faire tomber les barrières dans un amour vrai, faire jaillir cet amour dans l'intimité de cette pièce. Seul l'épuisement arrêtera son ardeur, il est prêt à puiser au plus profond de lui, repousser l'instant où son corps brûlant explosera en silence. Adrien retrouve la voie de la confiance, un sentiment de joie le submerge.

Son âme est touchée. Ses rêves veillent toujours. Ce qu'ils peuvent réaliser est immense : réparer, libérer, dévoiler et apaiser. L'infini a pris corps. Adrien accoste sur les rives de son être, s'enracine intrinsèquement et chasse ses peurs. Chasser l'abattement pour retourner à la racine de l'amour, ne rien attendre, juste donner. Apprendre à aimer à nouveau Louise avec abandon et fermeté. Donner corps à l'amour pour sa femme. Se faire confiance. C'est le chemin à suivre pour retrouver sa part d'homme, de virilité et accéder à une source de vie.

La ponction

3 ans avant le jour 0

Le docteur d'Argenton est aux manœuvres.

— Monsieur Delattre c'est LE grand jour. Vous êtes prêt ? Rassurez-vous c'est une opération courante. À l'issue de celle-ci nous devrions avoir quelques spermatozoïdes au frigo. Mais d'abord vous allez piquer un p'tit somme, pendant que nous nous occupons du reste. D'accord ? L'anesthésiste va arriver dans quelques instants vous compterez jusqu'à trois et à trois vous serez avec Alice au pays des merveilles. Bon allez cher monsieur, à tout à l'heure !

Ça y est, Adrien dort comme un bébé. Pendant ce temps-là, ce sera le grand débarquement. Adrien est arrivé ankylosé par l'angoisse. Il a failli annuler l'opération. Tous ont essayé de le rassurer. Sa mère l'a appelé vingt fois en trois jours et son père a brièvement pris le téléphone pour ne pas être en reste et lui parler avec des mots d'homme. Ses beaux-parents, Louise, Capucine, et même Amaury l'ont encouragé eux aussi. Il ne s'est pas défilé, mais c'est dans la douleur qu'il s'est traîné jusqu'ici. Réaliser qu'une équipe médicale creuse au scalpel dans ses testicules pour y puiser des spermatozoïdes est tout simplement glaçant. Heureusement, l'anesthésiste a trouvé la bonne formule pour en finir avec son angoisse. Il s'enfonce dans des eaux noires. Il est en voyage, c'est doux, il irait bien à la recherche de cette petite Alice. Il erre dans le monde des possibles. Le docteur, lui, agrippe ses testicules avec ses deux doigts et opère la ponction à l'aide d'une aiguille. Dans le bloc, il est entouré de son équipe. Ils se centrent, se rassemblent, calmement, précis dans leurs gestes. Ils essaient de lui sauver la mise en l'aidant à retrouver sa part d'homme reproducteur, une part de son identité et de sa virilité perdue. Pas celle de la force physique, du muscle gonflé, des pectoraux glorifiés, de la toute-puissance, du sexe magistral, de la séduction, de la réussite professionnelle, de l'argent roi, du courage, de l'honneur, ni de la fierté. Mais celle d'être une graine de vie. Il a ce désir, il aspire à cette part « de masculinité », qui dépasse les penchants sexuels des uns et des autres. C'est une aspiration qui vient de loin, de la nuit des temps, être père.

Le docteur d'Argenton a arrêté de plaisanter. Il donne des ordres avec des phrases courtes, trois-quatre mots pas plus, et autour de lui, ça s'exécute dans un silence religieux. Il opère le geste délicat de la ponction, c'est un virtuose qui joue avec son corps, mais Adrien est loin d'entendre la partition.

Dans son sommeil, il sent quelque chose lui piquer le bas du ventre, c'est d'abord léger puis de plus en plus fort. Adrien remonte à la surface par paliers. Ses sens s'ouvrent au monde extérieur, il entend les infirmières, sent la lumière qui vient taper ses paupières, renifle l'odeur aseptisée de sa chambre, il a froid. Il est seul dans une pièce d'un blanc immaculé, le tombeau des vivants. Quelques minutes passent. Il ne ressent plus une gêne mais une douleur lancinante qui se situe plus bas encore, au niveau de ses bourses, il cligne des yeux. Il est 13 heures, son corps s'éveille. Il divague encore un peu, le médecin doit venir, il l'entend dans le couloir qui dialogue avec une infirmière. Le docteur d'Argenton plaisante, il a la voix d'un homme satisfait, il parle fort avec assurance, la tonalité est basse, bien ancrée dans les graves, l'articulation est nette. Adrien s'apprête à le voir entrer, mais personne n'arrive. C'est frustrant car il est là, à sa portée. Adrien s'impatiente, mais le docteur prend son temps, il n'est pas pressé, traîne dans le couloir, les deux mains dans les poches de sa blouse blanche. Puis il rentre tout sourire dans la chambre, il a encore le visage tourné vers le couloir. « Oui, c'est ça, je prends les paris Virginie, ahaha, on en reparlera demain, vous verrez! Bonne journée! », l'infirmière pouffe, s'éloigne et lui lance un dernier regard malicieux. Il se tourne en direction d'Adrien avec son port de tête royal, l'égo gonflé d'orgueil et balance d'un air enjoué.

— Alors Monsieur Delattre, comment allez-vous?

— Je ressens des douleurs au niveau de mes... Enfin vous voyez. L'idée que vous avez puisé à l'intérieur me terrifie encore. Mais la douleur est supportable. Avez-vous de bonnes nouvelles pour moi?

— Les petites douleurs, c'est tout à fait normal après ce type d'opération, cher monsieur. Rassurez-vous nous allons vous prescrire des antalgiques. Vous serez libre d'ici deux-trois heures. Rentrez chez vous et après repos! Pour ce qui est du prélèvement, ce n'était pas la cohue d'un concert de Johnny à sa grande époque. Mais nous devrions avoir de quoi faire. On va les travailler à la centrifugeuse et chercher les plus mobiles, les plus parfaits d'entre eux. Ne vous inquiétez pas, ils feront le job avec un bon petit coup de pouce. Et nous en garderons quelques-uns bien au froid, à moins 196 degrés, pour assurer vos arrières. Prochaine étape, c'est la FIV de votre femme. Vous voyez, nous avons la situation bien en main. Enfin si je puis dire.

Il se marre heureux de sa blague, puis enchaîne d'un air sérieux et plus autoritaire.

— Bon, surtout reposez-vous, ce n'était pas une petite intervention, et dans quelques jours vous en saurez plus.

Adrien respire légèrement, il s'accroche à l'idée qu'il y en a quelques-uns aptes au travail. Il n'a pas fait ça pour rien. Louise a attendu patiemment la fin de l'intervention, posée, indomptable et toujours aussi déterminée. Elle rentre soulagée, s'assied au pied du lit d'Adrien et lui prend la main, ravie du courage de son mari. C'est là que réside, pour elle, la virilité. L'homme. Elle le ramènera dans leur bel appartement haussmannien, entichée de l'homme qui a livré sa bataille au nom de leur amour, elle livrera bientôt la sienne.

L'âme vagabonde

6 mois, 3 semaines après le jour 0

Adrien est assis à son bureau, la tête en arrière, les yeux fermés, l'esprit ailleurs. Ensommeillé. Flore est repartie sur les routes. C'est une femme vagabonde, que rien ne retient. Une femme libre, en quête d'aventure et d'intensité, et surtout en quête d'elle-même. Une Marianne North, prête à parcourir le monde pour y cueillir la beauté des fleurs en les peignant dans leurs cadres naturels. Une Ella Maillart, femme reporter qui part à l'exploration des mystères de ce monde. Des aventurières, que le monde a oubliées, que personne ne connaît plus aujourd'hui. Elle a mis les voiles, elle est à l'autre bout de la planète, si loin de lui, à l'exact opposé de Paris à vrai dire. Elle arpente les paysages verdoyants de Nouvelle-Zélande. Adrien est parti à sa recherche dans les arcanes de ses rêveries. Il l'a cherché dans les forêts primaires et luxuriantes, habitées de génies. Sans succès. Mais il entend encore sa voix dans son sommeil. Ses mots d'amours se font plus rares, et moins tranquillisants. Elle semble le préparer à quelque chose. Il a peur qu'elle ne lui échappe, que leur lien ne s'abîme, peur de cet appel de l'humanité tout entière, peur qu'elle ne le quitte définitivement.

Adrien s'accroche de toutes ses forces à elle. Il s'y est arrimé ces derniers mois. Il sent bien que Flore n'existe pas. C'est une image insaisissable, un idéal, une extrapolation de l'artiste qu'il avait rencontrée au vernissage. Une représentation qui est venue lui porter un message qui l'instruit et l'appelle à une conversion. Ses rêves sont le signe que quelque chose arrive, ils sont son futur antérieur qui réorganise ce qu'il croit impossible. Sa transformation.

Adrien est une chrysalide et Flore est son rêve d'absolu. Cet absolu n'existe nulle part ailleurs que dans son esprit. La nuit, juste avant de s'endormir, lorsqu'il se sent perdu, c'est bien dans les bras de Louise qu'il se glisse. Elle le couvre de sa présence et le réconforte. Il reste auprès d'elle, sa femme, un socle, un pilier. Il la serre très fort dans ses bras. Il se sent incroyablement lâche et pitoyable de dépendre de son monde onirique, alors que Louise est là, matériellement, physiquement. Il entend son souffle régulier sur l'oreiller, il sent sa peau, son cœur battre sous ses mains posées sur sa poitrine, la caresse de ses pieds qui se glissent entre les siens. Cet amour-là est un amour tangible. Louise est apaisante. Elle sait tranquilliser un cœur désemparé. Mais lorsqu'il s'endort c'est toujours Flore qui absorbe ses rêves. Flore le pousse à grandir, à consulter ses blessures d'enfance, à les comprendre et à les dépasser, à apprivoiser la permanence de l'incertitude et épouser cet axiome de la condition humaine. Elle lui permet d'inaugurer un autre chemin. Flore est une voix qui vient de ses propres profondeurs.

Elle parle de lui et de ce qui demeure à lui-même inconnu. Elle occupe son esprit, tout son être, de l'intérieur.

Implacable paradoxe nocturne.

L'amour sous vitre

2 ans, 11 mois et 3 semaines avant le jour 0

Cet après-midi, le couple passe à la prochaine étape de l'ICSI, la fécondation in vitro par micro-injection. C'est la conception confiée à la science. Tout se joue au microscope, l'expression de leur amour, la volonté de le matérialiser et de l'enfanter. Tout ça se fait in vitro. « Sous vitre », littéralement. Ici pas d'étreintes ni de mots d'amour, pas de souffle de jouissance, pas de corps forgé l'un dans l'autre, suant d'efforts, pas de regards d'extase à l'instant de l'union. Mais une prière, une oraison dans le vide. Un homme et une femme qui caressent à distance de quelques mètres un rêve commun, les yeux fermés, le souffle à l'arrêt pendant plusieurs jours. Deux cœurs serrés à l'unisson dans l'attente d'un résultat.

La première étape passe par une demi-heure de joie administrative. Présentation des dossiers complets, signatures de papiers, règlement et enfin la prise en charge de Louise, qui a été stimulée aux hormones. C'est une cure, de la chair humaine travaillée au corps. Pendant plusieurs semaines, elle s'est piquée quotidiennement dans le bas ventre pour mettre ses ovaires au repos et augmenter le nombre des follicules produits. Les médicaments qu'elle a pris provoquent le développement de plusieurs follicules ovariens et, par conséquent, augmentent les chances d'obtenir un embryon implantable. Les hormones la rendent plus fébrile, elle a suivi à la lettre ce protocole détonant, avec son lot de prises de sang, d'échographies et de résultats. Louise s'est exécutée sagement sans broncher, et en contenant en apparence ses émotions. Il n'y a ni joie, ni tristesse, ni colère et encore moins l'ombre d'une résignation. Elle se détache jour après jour de ses ressentis et essaie de se protéger du poids des traitements. Elle se coupe de la douleur endurée au moment des stimulations ovariennes. Cette armure est sa manière de mettre à distance les multiples manipulations effectuées sur son corps par les intervenants du milieu médical. Sa chair est un champ de bataille. Adrien admire la ténacité de sa femme et s'en veut de lui infliger ces épreuves. Avec un autre homme, elle aurait probablement déjà deux enfants sur ses genoux quelque part en vacances au bord de la mer, avec ses amis, loin de cet endroit glauque. Ils referaient le monde les doigts de pieds enfoncés profondément dans le sable pour les rafraîchir. Elle serait détendue et fière de ses progénitures. Il ne peut pas s'empêcher d'y penser. Peut-être aurait-il dû la quitter le jour où ils ont appris son infertilité et lui donner toutes ses chances de tomber sur un homme capable d'avoir un enfant pour ne pas lui faire perdre de temps. Mais il se demande où il doit placer le curseur de l'amour. Dans un combat contre nature ou dans un abandon sacrificiel ?

*

C'est le jour où le couple remet les pendules à zéro. Le matin d'une page blanche sur laquelle Louise et Adrien espèrent inscrire un prénom. La ponction des ovocytes de Louise se fait sous contrôle échographique par le docteur Bargerot. Le grand huit de la fécondation in vitro. C'est un exercice connu et éprouvé. Louise est sous anesthésie générale. À partir de maintenant, ils se lancent à leur tour dans l'aventure Louise Brown. Le premier bébé conçu in vitro en 1978, à une époque où la technique semblait encore bien périlleuse et le succès miraculeux. Ce bébé a ouvert un nouveau chapitre de la médecine moderne et a révolutionné le traitement de la stérilité. Ses parents, Lesley et John Brown, essayaient d'avoir un enfant depuis neuf ans. Mais toutes leurs tentatives avaient jusque-là échoué. Neuf ans d'amour, d'humilité et de persévérance. Ils se sont tournés vers deux médecins de l'université de Cambridge, le physiologiste Robert Edwards et le gynécologue Patrick Steptoe, qui depuis près de dix ans tentaient de perfectionner la technique de la fécondation in vitro. Les deux chercheurs ont réuni en éprouvette des ovules et spermatozoïdes de Lesley et John Brown, obtenant un embryon qui fut réimplanté dans l'utérus maternel pour donner naissance au premier bébé-éprouvette. Cet exploit a donné un nouvel espoir à des millions de femmes stériles.

Depuis, chaque FIV est un jeu de l'oie séquencé et millimétré vers la vie. Il n'y a plus de place pour la poésie ni le mystère, c'est le moment du protocole, du mode d'emploi, « Faire un bébé sous ICSI en cinq étapes ». Chaque jour est une étape vitale, une fenêtre avec dans la ligne de mire, l'espoir d'un couple.

La notice d'utilisation et le manuel d'instruction indiquent précisément le processus à suivre :

- *J0 : recueil des ovocytes. Le contenu des follicules est aspiré par voie endovaginale, les ovocytes sont soigneusement préparés, « décoronisés ». Les spermatozoïdes sont placés dans un milieu de survie et la fécondation a lieu par micro-injection. C'est la mise en fécondation. L'évolution est suivie au microscope.*

- J1 : les ovocytes sont examinés pour savoir s'ils sont fécondés.
- J2 : s'ils ont été fécondés, les embryons commencent à se diviser en deux puis à quatre cellules.
- J3 : les embryons continuent à se diviser de quatre à huit. C'est ce jour-là qu'un ou deux embryons sont placés in utero. À partir des jours 5 et 6, les embryons forment une cavité et deviennent des blastocystes.
- Au 14e jour après la ponction, un dosage sanguin permet de détecter s'il y a un début de grossesse qui devra être confirmée par échographie.

Ce processus leur a été exposé de manière impassible. Ils avaient reçu un petit fascicule « pédagogique » de l'assistante du docteur Bargerot. Elle l'avait tendu à Louise avant de se tourner vers Adrien comme une hôtesse de l'air proposant un café en cabine : « Vous en voulez un autre, Monsieur Delattre ? ». C'est un roman-photo dans lequel les étapes sont déroulées avec des personnages souriants et colorés. Ça semblait si simple. Mais, derrière chacune de ces étapes, il y a des périodes d'attente, de doutes, d'angoisses, et son lot de résultats plus ou moins réjouissants. Chaque jour porte son mystère et les espoirs d'un couple.

Louise et Adrien quittent la clinique. Ils prennent un taxi, c'est la traversée de Paris à l'heure de pointe. Ils avancent au rythme des feux rouges. Le chauffeur peste quand il est bloqué dans un embouteillage, caboche en avant sur son volant. Il raconte sa vie de taxi, les charges, la concurrence, les horaires, sa routine. Il ne se préoccupe pas du couple qui vient de monter à bord et encore moins de ce qu'ils viennent de vivre. Il faut que ça enquille, il a une famille à nourrir. Dès que le client a un pied dans la voiture, il embraye, met la première et accélère. Le couple est ailleurs, sonné. Adrien le relance avec des questions pour ne pas penser. Au bout de cette interminable course, il les dépose au pied de leur immeuble sous une pluie battante. C'est leur baptême. Ils courent main dans la main, tête baissée, jusqu'à l'entrée. Adrien pianote frénétiquement le code du bout des doigts, pousse la lourde porte en fer forgé avec sa hanche et laisse passer Louise. Ils sont pressés d'aller se réfugier dans leur cocon. Il a envie de se calfeutrer, fenêtres fermées pour ne pas entendre le bruit de la rue, ni ce soir, ni demain matin. Ne pas entendre le bruit des klaxons, des voitures bloquées par les livreurs, les gens qui s'apostrophent. Ne pas deviner le bruit des sirènes de police, de pompiers et encore moins des ambulances. Il ne demande rien d'autre que décompresser et se soustraire au monde. Il essaie de ne pas penser afin que quelque chose advienne.

Il veut laisser le destin venir à eux, mais il n'y arrive pas, il s'accroche, espère, peste en lui-même. À peine arrivée, Louise, qui s'est laissée tomber d'un poids mort sur le canapé, a fait un léger bond, et appelle sa mère et ses meilleures amies.

C'est une redite de deux heures, couchée, jambes en l'air. Elle raconte l'opération, les chances de réussite, l'attente, son ton est léger, détaché, elle n'a pas encore pris conscience. Elle se raconte comme elle décrirait un film tout juste sorti de sa séance. Lorsque le répertoire est épuisé et que le silence s'installe, Louise sent l'angoisse monter, c'est la grande marée. La peur, le doute et l'inconnu la submergent. Elle se sent désespérément seule tout à coup. Ils sont tous les deux pris par l'anxiété et ce sentiment de solitude, chacun de leur côté, ridiculement seuls. Avant de ressasser plus longuement leurs questionnements en solistes, Adrien cherche une sortie, une passerelle, un pont entre ces deux âmes dépareillées. Il se rapproche de Louise pour la rasséréner, il lui caresse le visage. Elle se relâche. La tendresse pour les libérer de leur claustration. Ses premières douleurs physiques se manifestent. Elle éprouve des ballonnements abdominaux, ce sont les effets secondaires de la ponction. Il lui effleure la nuque, la paume entrouverte. Ses paupières se ferment, son visage se desserre. La fatigue s'abat sur elle comme une gifle qui l'assomme.

*

9 h 28, le portable bourdonne sur la table en bois de la cuisine. Louise déchiffre l'écran, ne reconnaît pas le numéro qui commence par 01. Inutile de chercher plus loin, c'est le laboratoire qui a pris l'initiative de les contacter. « Allô

Madame Delattre ? » Adrien entend le filet d'une voix féminine. Ils croient la reconnaître, c'est Sandra. Ils l'avaient rencontrée à la clinique lors de leurs examens avant la FIV. C'est une biologiste affable, passionnée par son métier, de taille moyenne, brune, cheveux courts, coupe carrée, lunettes carrées, fille carrée. Elle est de leur génération, elle parle leur langage, un langage de proximité, fluide et franc, sans mélodrame. Elle est née à Surjoux, un bled paumé près de la frontière suisse. Elle a toujours rêvé d'être biologiste. Dès sa prime enfance, Sandra voulait percer les miracles de la vie. Elle avait ça dans le sang. À sept ans, elle a reçu son premier microscope, une révélation, une manière de s'évader dans un univers parallèle, bien plus passionnant que n'importe quel dessin animé ou vulgaire poupée en plastique surtout si celle-ci s'appelait « Barbie ». Et pour Sandra, il n'y avait pas photo : « Amyloplaste », « Éphyrule » ou encore « Zygomycète » étaient bien plus sexy que Ken. Depuis, elle n'a jamais décollé ses yeux de son microscope et observe tous les jours le foisonnement du merveilleux.

— Bonjour, c'est Sandra de la clinique Pierre Cherest. C'est bon, nous avons vos premiers résultats.

Ils sont en apnée, un frisson glisse sur leurs peaux, elle laisse passer un ange.

— Sur six follicules, il y en a trois fécondés. Nous allons les mettre en culture courte, on vous rappellera demain pour effectuer un transfert à J3 si un ou plusieurs d'entre eux ont tenu. Mais rassurez-vous, ça devrait être le cas.

Louise raccroche et cherche Adrien du regard. Elle se demande si trois ovocytes, c'est vraiment suffisant. Elle se met à faire des statistiques, espère trouver un appui chez lui, arbore un regard désolé. Oui, c'est peu en réalité, potentiellement suffisant mais tout de même peu. Elle trouve que c'est injuste, elle se met en opposition, gonflée encore de déni et de colère. Elle attend sa réaction, l'apostrophe tout en retenue.

— Pourquoi tu ne dis rien ? Tu crois que ça marchera ?

Impossible de répondre à cette question de manière rationnelle. Il n'en sait rien, il n'y connaît rien, il préfère ne rien dire et ne pas la blesser. Simplement, il sait que ce résultat le déculpabilise un peu, il lui donne le sentiment que tout n'est pas totalement mort en lui. Il en a fécondé trois avec un sérieux coup de main, d'accord, mais tout de même. Elle insiste. Il essaie d'être rassurant.

— Oui, je pense que ça marchera, mon chat, si j'en crois ce que nous a dit Sandra. Mais attendons demain, de toute façon nous n'avons pas la main sur ce qui arrivera.

Il ne l'a pas rassurée, il ne s'est pas rassuré non plus d'ailleurs. Louise fait la grimace, elle n'a pas écouté la fin de sa phrase.

— Attendre, encore ce foutu verbe. Je suis fatiguée d'attendre, c'est usant.

C'est vrai, depuis des mois ils ne cessent de se soumettre au joug de la patience. Ils connaissent les règles du jeu. Ils les ont lues. Mais dans l'action, la tension est là, palpable, dense et serrée. Elle électrise la pièce. Elle ne se dissipera pas avant le prochain coup de téléphone. Une éternité sur l'échelle de la patience.

*

Il est 11 heures et ils sont toujours sans nouvelles de la clinique Pierre Cherest qui devait les appeler ce matin. C'est un silence assassin. Le transfert doit avoir lieu demain. Ils ont résisté jusque-là, ils ont essayé de penser à autre chose, de relativiser et de se rassurer. Depuis leur réveil aux aurores, ils ont tenu bon, mais là, Louise implose.

Elle ne s'agite pas, ne fait pas les cent pas dans l'appartement, elle ne lève pas même la voix. Elle se mure dans le silence. Rien ne se manifeste, rien d'autre qu'un corps figé, fermé, et une ombre qui plane sur un visage d'ange. Sa douceur est recouverte d'un litham d'urgence, d'irritation, elle est glaciale comme du marbre. Adrien est démuni. Miséreux face à une mendiante. Il est lui aussi entraîné dans ce tourbillon, il fatigue, il aimerait se projeter dans l'étape suivante, chasser les doutes, obtenir déjà une première réponse. Il regarde sa montre toutes les minutes pour accélérer le temps et vérifie s'il n'a pas loupé des appels. C'est une incantation. Louise surmonte son indécision, prend les devants, compose le numéro de la clinique mais tombe sur le standard. Encore une voix de femme, une autre, plus froide et distante. La standardiste lui passe la biologiste. « Allô, oui bonjour Madame Delattre, justement vous devriez recevoir un appel du secrétariat du docteur Bargerot pour le transfert. Bonne nouvelle, nous avons un embryon viable, votre transfert est prévu demain matin. » C'est un instant de relâchement presque souverain. « Presque », c'est un coup à 10 % de chance de succès, un transfert sans filet, un *one shot*. Ils ont une chance sur dix que ça marche. Ils sont plongés dans la malédiction de la perception. Avoir une chance sur dix de mourir, c'est énorme. Avoir une chance sur dix de donner la vie, c'est peu, infiniment peu. Ils ont le sentiment que l'univers se joue d'eux, ils sont fébriles. Adrien et Louise s'accrochent à leur désir. Ils sont en tension, en colère, en refus de ce que la vie peut encore leur réserver. Ils estiment avoir ce droit-là, avoir leur enfant. Ils ont la chance de pouvoir y croire et d'entrevoir une perspective.

Silence assassin

7 mois, 15 jours après le jour 0

Il y a des silences qui parlent, des silences complets, vifs, débordants, des silences qui laissent respirer le cœur, apaisent, purifient, des silences qui réconfortent, des silences d'amour, de passion, des silences qui réveillent le corps et la conscience. Des silences mystiques. Et il y a ces silences vides, creux, assassins, des silences qui éveillent la peur, le doute, des silences qui échafaudent le pire, qui meurtrissent un cœur, qui mettent à genou. C'est ce silence-là qui l'afflige un peu plus chaque nuit. Depuis plus de trois semaines, Flore ne vient plus. Ses rêves sont cruellement silencieux. Une absence nocturne. Un silence radio assourdissant. Une rupture nette, il n'a plus d'échappatoire. Adrien est au bord de sa folie. Il a essayé d'être solide, de ne rien laisser transparaître, mais il souffre de cette absence. Il a beau sentir que ce ne sont que des songes, il n'a pas pu s'empêcher de pleurer en solitaire. La journée, il inversait le cours des larmes, elles coulaient en lui. Il ne laissait rien paraître, il se grimait, jouait à contre-emploi. Les gens n'y voyaient que du feu. Et lorsqu'il se sentait trop faiblir, il enfermait encore un peu ses larmes, partait, s'isolait, à la recherche d'un lieu d'apaisement pour les verser à l'abri des regards. Vidé de cette tristesse, il revenait à la maison, poussant la porte d'un air léger et enjoué. Gymnastique singulière.

Lors de sa dernière présence, Flore lui parlait encore un peu d'amour et décrivait la beauté du fjord de Doubtful Sound. Un dernier enseignement.

— Adrien, entends mes mots comme autant de bouteilles à la mer. J'aime les bouteilles à la mer. Nous le sommes tous un peu. Je suis dans ma petite chambre face à la fenêtre ouverte sur une vallée verdoyante dans le crépuscule. Cette simplicité épure. Un lieu essentiel. Depuis hier, je suis près des fjords Doubtful Sound. Un fjord reculé de Nouvelle-Zélande, entouré de majestueuses montagnes recouvertes d'un manteau de fougères, de nuages gris accrochés aux sommets et de cascades qui se jettent dans les eaux du lac. Le temps y semble à l'arrêt. Pendant la traversée, nous avons été rejoints par des dauphins. Dieu, que j'aime ces animaux qui sauvent les hommes en mer et ressuscitent leurs âmes perdues. C'est merveilleux, cet animal sauvage qui se donne dans un ballet de joie. Quel spectacle fascinant ! Ils sont venus danser autour du bateau, nous les voyons plonger, jouer, et puis repartir comme ils sont venus. Quelle grâce ! Tu vois la joie est partout, il suffit d'ouvrir les yeux. Quand je pense que ce sont les chasseurs de dauphins et de phoques qui ont rebaptisé le fjord « Son Incertain ». N'est-ce pas totalement stupéfiant ? Rien n'est certain. Il n'y a que l'incertitude qui est constante. Ce soir, en rentrant, je suis allée marcher dans la lumière du soir. J'ai été heureuse en voyant le croissant de lune, pendant que les étoiles s'allumaient, car je me disais que nous voyions le même ciel. Si tu savais à quel point c'est beau et fort d'être ici, dans ce silence qui se donne. Ce silence nous l'avons aussi connu dans les yeux l'un de l'autre. J'écoute le vent dans les arbres, je rêve à ce chant du vent. Et à toi qui as touché un essentiel en mon cœur. Ensemble nous avons vécu un absolu, et nous ne pourrons jamais aller plus loin que ça. À présent c'est l'heure, Adrien. Laisse-toi glisser dans le courant, lâche prise et vis en conscience. Le temps est venu de le laisser s'installer ce silence-là, d'accepter ce qu'il y a à vivre et « d'être », enfin.

Depuis, plus rien. Cela fait plusieurs jours, plus de quinze, à moins que ce ne soit déjà depuis plus d'un mois. Il ne sait plus. Il est hors de la vie. Normalement, le rêve revient et après s'évapore. Mais chez Adrien, il est devenu petit à petit une surréalité, la frontière entre le réel et son univers onirique s'est estompée. Il a fait alliance avec ses rêves. Il est devenu un « rêveur lucide » chez qui la réalité et le rêve se confondent et ne deviennent qu'un. C'est le *black-out*, tout semble s'effacer. Adrien a traversé le temps de l'incompréhension, puis celui de l'inquiétude et est retourné sur les terres de la colère. Les mêmes que celles qu'il arpentait pendant les étapes de la FIV. Il revit le même traumatisme. Mais cette fois-ci, pas question de renoncer. La politique de l'égo est de ne jamais perdre et d'éviter le manque. Il ne veut pas être rejeté. Rien ne peut s'opposer à ce lien-là. Il n'est pas prêt pour un nouveau deuil. Le voyage ne peut pas être terminé. Tout son être est en refus. Les images de Flore sont gravées en Adrien. Il forcera le destin s'il le faut. Il est prêt à appeler Flore chez elle, dans son atelier pour en avoir le cœur net. Il ne peut pas y avoir de fatalité. Dans sa tête, c'est le capharnaüm. Ça s'enchevêtre. Ce qu'ils ont partagé doit être vrai, au moins partiellement. Ce n'était pas uniquement le fruit de son imagination. C'est impossible. Ce qui a été rêvé a été vécu, d'une manière ou d'une autre. Tout était si précis. Adrien s'égare.

*

Le trente-neuvième jour après sa dernière songerie, Adrien obtient au détour d'une conversation anodine avec Geoffrey des nouvelles de Flore. Elle va bien, très bien même. Geoffrey ne sait rien de ce que Adrien vit la nuit. Rien de la magie du lien qui l'unit à elle dans son sommeil. Lui qui en ignore tout, en parle d'un air léger, le visage rayonnant, attablé au soleil. Entre deux verres de vin blanc à l'heure de l'apéro alors qu'ils ont fait le tour de ce qu'ils avaient à se dire, Geoffrey lui parle d'elle pour meubler la conversation. « Tu te souviens de Flore ? D'ailleurs tu ne l'as jamais revue ? ». La question retentit chez Adrien. Il fait un signe de la tête. Non il ne l'a jamais revue.

Il a, cette fois, le sentiment d'être parfaitement sincère. Rien ne lui semble plus vrai. Il voit parfaitement qui est Flore. Une belle artiste blonde qui lui avait tapé dans l'œil le soir du vernissage. Elle l'avait littéralement subjugué. Ils avaient ri ensemble. Adrien avait senti un lien hors du commun. Une rencontre d'âmes, une forme d'essentiel. Il se souvient aussi avoir été transporté par ses œuvres, par ce qu'elles transmettaient, et par la façon dont elles ont résonné en lui. Il a souvent rêvé d'elle. Mais l'a-t-il revue ? Personne ne les a jamais croisés. Il n'y a pas de témoins. C'est confus. Tout cela est si embrouillé. Sa tête tourne. Il regarde rapidement le répertoire de son téléphone, ses mains sont tremblantes, moites et maladroites. Il ne trouve pas de Flore, pas de nom caché non plus. Rien. L'aurait-il effacé dans un accès de colère ?

— Mais Adri, tu vois de qui je parle ?! Nous sommes allés à son vernissage l'année dernière. Je suis persuadé que tu te souviens de cette magnétique peintre blonde aux yeux bleus que je t'avais présentée, vu la tête que tu faisais ce soir-là ! Figure-toi que je l'ai croisée hier par hasard dans la rue. Elle ne donne pas souvent de ses nouvelles. Elle est sauvage. Enfin bref, Flore est partie au bout du monde. En Afrique du Sud, cette fois-ci. Du moins, il me semble que c'était là. Ou en Nouvelle-Zélande ? Bref loin. Elle semblait pressée donc nous ne nous sommes pas éternisés. En attendant, Flore a tout compris, elle s'en va au bout de la terre, prend des photos, peint en rentrant, vend ses œuvres et repart aussitôt. En la voyant, je me disais que tu devrais emmener Louise faire un grand voyage. Pas un saut de puce en Europe mais vivre une vraie aventure ensemble. Un voyage qui vous pousse à vous dépasser, à vivre une expérience forte, et à enfin oublier tout ça. Ça vous ferait le plus grand bien, crois-moi.

Adrien se tait de longues minutes. Son esprit cogite à nouveau et l'attrape au vol. Il est pris d'une migraine insoutenable. Il sent sa colère monter à nouveau. Il refuse cette situation. Flore a donc vraiment coupé les ponts. De manière définitive et sans appel. Elle a mis les voiles, emportée par sa quête, le cœur libre et l'esprit aventurier. Il le sentait. Il se ment encore une dernière fois avec les dernières forces qu'il lui reste. Il s'effondre. Tout s'effondre autour de lui. Il craque, il se fissure.

Une voix lointaine en Adrien semble lui rappeler une dernière fois qu'il n'a jamais revu Flore depuis ce vernissage. Tout ce qui a suivi, le Bonaparte, l'atelier, les dîners, leurs corps enlacés, tout ça n'est qu'un mirage et n'a grandi que dans son esprit. Ce n'était qu'une histoire onirique, une épopée initiatique au cœur de son être, de ses peurs et de ses aspirations. Ses rêves ont été une révélation intime. Il a traversé trop d'émotions ces dernières années, vécu trop d'espoirs non réalisés, a perdu son identité d'homme. Il ne sait plus où il en est. Il est aux abonnés absents. Il tombe de sa chaise. Noir. La chrysalide devient homme.

L'espoir

2 ans, 11 mois, 2 semaines avant le jour 0

Adrien a présenté sa carte d'identité, et a signé des papiers administratifs, c'est un BAT, un « Bon À Transférer ». Dans quelques minutes ils enverront l'embryon en orbite dans son environnement naturel. Louise est allongée sur une civière. Alors que l'infirmière l'emmène, son mari l'embrasse tendrement, les lèvres scotchées aux siennes pendant de longues secondes. C'est un baiser qui veut insuffler la vie. Un baiser qui affirme: « j'ai foi en nous ». L'infirmière se veut rassurante, elle y croit, ils se laissent porter. Tout le monde est enjoué. Dans ce temple des naissances, les murs sont tapissés de photos de nouveau-nés. C'est le couloir vers la joie. Il imagine déjà prendre une photo de leur bébé et l'envoyer à la clinique pour les remercier. Le cliché serait alors fixé sur ce même mur. C'est la première fois depuis le premier jour de leurs démarches que l'espoir semble si concret et palpable. Il a le sentiment de rentrer enfin dans le cycle vertueux de la création. Au bout d'une vingtaine de minutes, Louise sort. Il perçoit chez elle une lueur, un rayon de bonheur qui irradie le couloir. Pris dans ce manège enchanté, leurs sentiments sont en éveil. Ils se sentent emmaillotés dans un écrin de complicité. Ils s'en abreuvent avant une nouvelle traversée du désert. Une longue et interminable attente de douze jours, jusqu'à sa prochaine prise de sang. En partant, ils croisent une dernière fois le docteur Bargerot qui, derrière sa tenue droite et déliée, semble guillerette elle aussi. Elle se risque à un clin d'œil plein d'emphase. Un signe de bon augure. Chez Louise et Adrien vient se nicher l'idée qu'ils vont devenir parents. L'espoir se profile. Louise reprendra le travail le lendemain de son transfert. Elle ira tranquillement, sans forcer, pour ne pas trop se bousculer. Ils vivent une parenthèse de vingt-quatre heures. Mille quatre cent quarante minutes volées, sans questionnement, où il n'y a rien à attendre, rien à scruter. Adrien est résolu à égayer et sanctifier ces heures. Ce soir, il dressera une belle table fleurie et éclairée aux bougies. Il disposera, dans un cérémonial de restaurant étoilé, des couverts en argent et les assiettes marocaines, vert émeraude, achetées dans les souks à Marrakech pendant ce séjour où il l'avait demandée en mariage. Il se mettra derrière les fourneaux pour préparer consciencieusement son plat de prédilection. Et, afin que cette soirée soit tout à fait admirable, ils se planqueront dans leur lit. Lovés comme aux premiers jours, pour y visionner de vieux épisodes de sa série culte « Friends ». Pour Louise une référence générationnelle, un cérémonial hebdomadaire. Adolescente, elle la regardait en famille, calfeutrée dans le canapé du salon, dans une communion de rires, tous chakras ouverts, juste avant de passer à table. Pour Adrien, un vide dans sa culture générale.

Ils s'endormiront, hilares, en répétant en boucle ce dialogue entre Rachel et Joey :
— Avec ces hormones de grossesse, j'ai l'impression que je me sens, comment dire… érotiquement chargée je dirais.
— Ça ne serait pas le mot scientifique pour excitée ?

Les vingt-quatre heures de répit sont passées. Chaque douleur abdominale, chaque petite perte de sang est analysée et interprétée. Après trois jours, Louise en a perdu un peu, quelques gouttes, rien de grave selon le docteur Bargerot. Pas de quoi s'inquiéter. Mais, chez eux, ça tangue un peu. Ils se sentent moins en sécurité. La confiance des premières heures s'effrite bêtement. Tout redevient compliqué, les questions fusent dans leurs têtes. « Est-ce que l'embryon a tenu ? », « Et s'il fallait tout recommencer ? » Et ils se referment sur eux-mêmes avec leurs petites questions, leurs petits doutes, leurs petites pensées mesquines. « Nous sommes maudits », « À quoi bon s'acharner ? », « C'est un signe, nous n'avons peut-être rien à faire ensemble. » Ils essaient d'être solides, présents l'un pour l'autre, mais ils le savent, ils s'usent un peu plus à chaque étape. Ils doutent chacun de leur côté, c'est difficile d'en parler. Il ne faut pas ajouter du doute au doute. À ce stade, rien de grave, ce n'est finalement que la première tentative, le premier transfert, d'autres occasions pourraient se présenter. Ça leur donne du souffle de s'en souvenir. Les jours passent et Louise ressent des douleurs ventrales de plus en plus fortes. Elle a la sensation que ça tire sur les seins, et pourtant elle perd encore du sang un peu, un peu trop. Ça sent l'échec.

Le douzième jour après le transfert, Louise va enfin faire sa prise de sang. Mais ils n'y croient plus. Le couple pense que c'est foutu, Louise n'a pas la sensation que ça bouge en elle. Rien ne prend forme. Tout ce qu'elle ressent, ce sont des douleurs au ventre, mais pas de vie. Et pourtant, ils s'accrochent à l'espoir, mince sans aucun doute. Il agit comme un fil de marionnettiste qui les tient droit. Mais là, ils doivent en avoir le cœur net. Arrêter de se faire des films, écraser du pied un faux espoir, comme un cafard, et passer à autre chose pour remettre la machine en route. Prise de sang, attente, résultat : c'est le trio des derniers mois.

Le résultat tombe, c'est négatif. Un coup d'épée dans l'eau. Louise saisit les papiers administratifs et les chiffonne frénétiquement. Ses mains étranglent, déchirent, détruisent. Le sol est jonché de papiers. Au fur et à mesure, Louise réalise l'ampleur de sa colère, elle se sent différente, pas à la hauteur, pas normale. Derrière cette rage se cachent son chagrin et un sentiment de nullité.

Mais pas de temps à perdre. Il faut se reprendre, ce n'était que la première FIV et d'autres suivront. Il faut déjà en faire le deuil. Couper ce fil-là et préparer la suite. Un coup de téléphone, une prise de rendez-vous chez le docteur Bargerot et c'est reparti. C'est la remise en route du protocole de la FIV sous ICSI. Des initiales qui leur sont devenues familières. Ils le savent, ils vont se relancer dans d'interminables attentes. Quelques minutes de déni d'abord, le résultat pourrait être erroné. De la colère ensuite, et enfin de la tristesse, qui revient fidèle à elle-même. Ils connaissent ce refrain-là, des pleurs de quelques heures, un abattement, et le temps qui passe, qui les oblige à se redresser et à ne pas abdiquer. C'est une gymnastique mais ils sont déterminés à aller cueillir leur médaille. Leur Graal.

Il faut reprendre tout à zéro. Il s'agit d'aller titiller les statistiques de la vie. Laisser couler l'eau sous les ponts. Se faire du bien, se vouloir du bien, partir en voyage, se dire des mots d'amour, se faire des caresses qui rassurent la nuit juste avant de s'endormir, et le matin, au réveil, lorsqu'ils se sentent un peu plus fragiles, juste avant d'aller plastronner. Se dire que si ça ne fonctionnait pas, ils pourraient toujours s'en sortir avec l'aide d'un bon psy ou d'une retraite dans un monastère pour invoquer la bonté divine. S'aimer puis donner le premier coup de manivelle qui relance la machine.

Alors qu'autour d'eux les deuxièmes grossesses bourgeonnent comme des promesses de printemps, le couple Delattre, lui, reste en saison morte. Un hiver sibérien. De toute façon, ils n'ont plus de tabou, tout le monde est au courant à présent. Ils ont appris à vivre avec. Cela fait partie de leur histoire, c'est leur « maladie ». Ils la partagent sans pudeur. Il arrive à Adrien d'en parler parfois avec une pointe de provocation. La voix sur la corde raide, tout en tension, la mâchoire serrée, pris par le désir de se confronter au bonheur des autres, de les sentir désarmés face à ce qu'ils vivent. Les bousculer dans leur confort. Prouver que non, tout n'est pas écrit noir sur blanc.

Ils s'isolent progressivement. Entre les amis qui ont des enfants et ceux que Louise a peur de voir car elle craint qu'ils leur annoncent une grossesse, ils ne voient plus grand monde. Les « tu y penses trop » ou encore les « ça arrivera quand ce sera le bon moment » sont autant de remarques démoralisantes qu'ils ne veulent surtout plus entendre.

*

Des semaines, des mois ont filé. Ils ont entamé leurs premières démarches il y a à peu près trois ans. Ils préfèrent ne plus compter. Les deuxièmes bébés de leur entourage ont grandi sous les yeux attendris de leurs parents. Ils les promènent au parc, ceinturés au fond de leurs poussettes. Cela fait longtemps que les amis d'Adrien et Louise ne ressentent plus vraiment de pitié ou d'empathie envers eux. Tout ça s'est effacé, normalisé.

Ils n'ont pas de cancer ni de maladie grave. Il ne faut pas dramatiser. Plein de couples sont heureux sans enfant. La vie continue, ils ne sont pas à la rue non plus. Il ne faut pas exagérer. Il y a des choses pires dans la vie. Ils ne devraient plus insister. Ils n'ont qu'à adopter un enfant. Il faut avancer et ne pas regarder en arrière.

Y'a qu'à, faut qu'on.

Plus personne ne se sent désarmé, en dehors du premier cercle qui se réduit de mois en mois et de leur famille proche. Leur cas n'est plus un sujet d'actualité, un sujet sur lequel on s'attarde, le corps penché en avant, l'oreille tendue vers l'autre, l'œil compatissant. La vie continue, inexorablement. Le couple poursuit sa bataille. Seul.

À chaque opération Louise est boostée aux hormones. Son ventre est devenu dur comme une pierre. Il se mue en bouclier pour protéger Louise de la douleur des aiguilles. Des corps étrangers lui injectent des substances exotiques. Après l'avoir dopé comme un coureur cycliste, ils lui balancent les trop rares spermatozoïdes d'Adrien aptes à aller à la conquête. La science est à son diapason. Mais rien ne vient. Ça ne prend pas. Ils se sentent comme privés de leur identité. Ils sont pris dans une boucle médicale infernale.

Tous ces actes sont froids. Le couple est à la fois dedans et en dehors de l'expérience. Adrien a de plus en plus de mal à trouver sa place dans ce protocole qui est essentiellement centré sur sa femme alors que le mal vient de lui. Louise le répète régulièrement avec dégoût. « C'est mon intimité qui est exposée, mon sexe est là ouvert à tous ces regards. Je ne supporte plus ces mains qui me touchent, Adrien. Ces mains me hantent dans mon sommeil. » Elle n'accepte plus cette forme d'intrusion et « d'objectivisation ». Elle a l'impression d'être devenue un objet médical. Ça la révulse. Le corps d'Adrien, lui, ne subit pas cette violence, les hauts et bas des hormones, et les petites phrases assassines que sa femme peut entendre sur son poids notamment. Sur ses sauts d'humeur. Le regard de ses collègues, celui des gens dans la rue. Les enfants de ses copines. Adrien qui ne fait rien, qui ne peut rien faire. Cet homme déchu. Elle.

Louise est fatiguée. Elle devient hypersensible et plus irritable. Quand elle est énervée et à bout, il lui arrive de balancer à Adrien : « Tais-toi ! Si je veux, tu n'auras jamais d'enfant. » Adrien est en dehors du coup. S'il avait pu prendre le traitement à la place de Louise, il l'aurait fait. Mais « être là » c'est tout ce à quoi on l'a cantonné après son opération. Il craque lui aussi. Chacun récupère déjà un peu ses billes. Leur duo en prend un sacré coup. Ils se débattent si maladroitement, si humainement.

Leurs joies sont étouffées. Leurs rires raclent la gorge mais ne tordent plus l'abdomen. Les gestes ne fabriquent plus l'amour. Ce ne sont que des contorsions endormies. Les mains se tiennent en s'ignorant. Leurs caresses frôlent l'épiderme sans que le désir jaillisse, sans même réussir à provoquer une discontinuité dans les battements du cœur. Il n'y a plus de couple porté par une aspiration commune. Juste deux androïdes aux gestes mécaniques.

Aucun embryon n'a vu le jour et c'est bientôt la quatrième et dernière FIV, l'ultime tentative. Après, ce sera trop risqué. Un risque de cancer notamment. Ce ne serait plus la vie qu'on appelle mais la mort qu'on réveille. Alors ils croisent les doigts et attendent une dernière fois l'appel de Sandra, leur complice de route. Mais Louise et Adrien ont déjà commencé à faire le deuil de la parentalité. L'amour campe encore, mais leur âme commence à douter.

Burn out

7 mois, 16 jours après le jour 0

La seule façon d'accomplir est d'être.
Lao Tseu

Adrien a fait un *burnout*. C'est ce que lui a dit le médecin des urgences. Son cas a été pris très au sérieux. On ne rigole pas avec les « traumas » dans les services hospitaliers. Des types qui viennent en hurlant, bouche ouverte, parce qu'ils se sont coupés avec un couteau de cuisine en bataillant avec un gigot, les urgentistes en voient régulièrement. Ça pisse le sang. Ça impressionne. Ça fait gueuler le visage entre les mains. Ça prend de la place, et disons-le, ça exaspère les infirmiers, mais ce n'est rien. Par contre un homme qui arrive, après un malaise, emmuré dans le silence, l'œil hagard, c'est potentiellement du sérieux. Le surmenage, la perte d'une part tangible de sa virilité, les démarches médicales, les ascenseurs émotionnels des dernières années, le refus face à la stérilité, la fatigue psychologique, les rêves et les délires ont eu raison du corps d'Adrien. Son cerveau en avait plein la tête. Ça a lâché d'un coup, d'un seul. Sans prévenir. Un coup de massue un après-midi ensoleillé avec son ami Geoffrey en terrasse. Les jambes d'Adrien se sont fait la malle. Il est tombé dans les pommes écrasant le sol de tout son poids mort. Une masse élastique qui tombe sur un sol dur. Il est resté inconscient quelques instants et s'est réveillé, vidé de son âme. On lui a prescrit deux mois de repos.

*

Adrien est renversé quotidiennement dans son canapé beige. Il y campe depuis un mois et demi, et n'en sort que pour se rendre chez son thérapeute. Patrick : un psy d'une cinquantaine d'années aux épaules larges, aux sourcils épais, à la voix lourde, les paluches imposantes, à l'œil vif et perçant. Il s'est formé aux méthodes jungiennes et à l'EMDR, un acronyme qui signifie « eye movement desensitization and reprocessing » ou la désensibilisation et retraitement par les mouvements oculaires. Une méthode qui a été utilisée pour soigner les victimes des attentats du 13 novembre 2015. Une approche qui a fait ses preuves dans des cas post-traumatiques. Mais Patrick n'est pas que psy. C'est un homme connecté, comme il aime le dire, chaman à ses heures perdues. Cet homme placide a parcouru le globe et a vécu un an avec une tribu mongole, avant de rester une année de plus auprès d'un sage indien dans un silence méditatif.

Avec Adrien ils essaient d'explorer toutes les pistes de ce que Patrick nomme « l'être ». Adrien se confie à lui dans un cérémonial hebdomadaire bien rodé. « Bonjour », des questions sur sa semaine écoulée, sur ce que racontent ses rêves. « Avez-vous rêvé de Flore récemment ? ». Un nouvel angle à creuser, un interrogatoire, de la respiration, des expériences physiques et énergétiques, et de très longs silences. Un cérémonial qui se déroule d'abord assis et puis couché. Quelques mouchoirs à portée de mains. Au cas où. Une conclusion, un chèque. « Au revoir et à la semaine prochaine, Adrien ». Il va là où il n'est jamais allé. Il œuvre en lui.

Les angoisses d'Adrien sont remontées à la surface de sa conscience. Une gifle balancée du fond de son être. Les messages distillés dans ses rêves avec Flore s'incarnent enfin. Il est temps d'y faire face dans la réalité et de les traiter. Ils l'ont questionné sur son enfance, ses démons et sa raison d'être sur Terre. Le jeune homme ne se sent pas à sa place. Il aimerait mourir chaque matin. Au réveil, lorsque l'inconscient murmure des mots aigres-doux à son cœur, il est cueilli par la déprime et une envie lancinante de suicide. Sous sa douche matinale Adrien rassemble ses forces pour ne pas céder mais il navigue dans la vacuité la plus totale. Il mène un combat inégal entre la raison et une âme meurtrie. Il répète le schéma de son père mais n'a plus la force d'être en colère contre lui-même. Il a vécu dans une course en avant, dans un bonheur de surface, naviguant de plaisirs en plaisirs, dans un confort matériel et sentimental. À présent Adrien n'a plus de désirs. Sa recherche de confort les a épuisés un à un. Le dernier auquel il espérait s'accrocher, fonder une famille, lui a été refusé pour une raison qu'il ne s'explique toujours pas. Il n'a plus de repère, le sens de ce qu'il fait et de ce qu'il « est » lui glisse entre les mains. Adrien est un « aquaboniste » qui n'a plus de raison « d'être ». Il n'a pas l'énergie d'appeler ses clients, ni de relancer ses chantiers, ni même de se projeter dans un quelconque nouveau projet. À quoi bon? Les jours se décomposent en heures, en minutes, en secondes à dépasser pour atteindre le seuil de son lit et plonger dans un sommeil libérateur. Il est exsangue, il n'y a pas d'avenir ni de présent. Ces amis lui disent qu'il va s'en sortir, il n'y croit pas un instant. La seule chose qui le relie à la vie, qui vaille, est celle pour laquelle les hommes écrivent des livres et livrent des guerres, l'amour. À commencer par l'amour qu'il porte à sa femme. Un amour en péril. Adrien ne lâche pas l'affaire, il livre bataille, il fait ce qu'il peut avec l'aide de son thérapeute.

Patrick l'écoute, le bouscule, le pousse à creuser en lui. Il n'est pas question de sortir Adrien de sa dépression avec de la psychologie positive ni avec des recettes de développement personnel toutes faites. Encore moins à coup d'incantation de « bien-être » à tout prix ou d'appels à la libération des pensées indésirables qui font souffrir. Il n'y a pas la place pour un travail en surface ni pour des illusions de « bonheur » scandées à répétition dans des livres à succès. Pas de place pour une autre forme de consommation et d'individualisme qui ne dit pas son nom.

Patrick l'amène à accepter cet état, à l'accueillir. Il est question de l'accompagner dans ses profondeurs, dans l'abîme de ses peurs, d'y faire face et de les épouser, de les aimer pour les dépasser. Patrick lui répète ces mots de Carl Jung : *« Ce n'est pas en regardant la lumière que l'on devient lumineux mais en plongeant dans son obscurité. Et si vous ne faites pas face à votre ombre, elle vous reviendra sous la forme de votre destin. »* Adrien l'a ressenti dans sa chair. Ce n'est pas tant de sa stérilité qu'il s'agit, mais de ce qu'elle éveille en lui.

Où se situe sa réelle stérilité ? Dans son incapacité à avoir un enfant ou dans celle de donner un sens qui va au-delà de lui ? D'œuvrer pour plus grand que soi ? Qu'est-ce qui transcende et porte réellement l'Être ? Ces questions émergent au fil des séances.

*

Adrien a l'œil éteint, il est à l'arrêt. Son sentiment de solitude est là. Tout en Adrien est à l'arrêt. L'air autour de lui bourdonne. Il est habité par ce fantôme. Un sentiment qu'il redoute toujours. Une marée noire qui le couvre et l'asphyxie de l'intérieur, qui lui prend le cœur et le presse de toutes ses forces. Crispé, il s'enfonce encore un peu plus dans le canapé. Ils se font face, son sentiment de solitude et lui. Il n'a pas d'alternative. C'est une lutte infernale qui l'écrase. Louise ne peut rien faire. Elle l'avait vite compris. Ce n'est pas sa bataille. Aucun mot, aucune parole, pas même la douceur de ses caresses n'arriveront à sortir Adrien de cet état. Elle ne peut que l'écouter avec des « Oui, je comprends ce que tu ressens ». L'accompagner jusqu'au jour où pour elle aussi la coupe sera pleine. Elle va travailler tous les jours, essaie de rentrer un peu plus tôt pour être présente. Mais elle n'arrive pas à chasser le sentiment de solitude d'Adrien. C'est trop profond. Il n'a pas encore été assez loin. C'est lui qui doit mener le combat. En solitaire justement.

Aujourd'hui sa crise d'angoisse est particulièrement violente. Ses boyaux se tordent. Sa cage thoracique l'oppresse, ses omoplates lancent. Ce sentiment l'abat littéralement. Il se répète en boucle : « Je suis seul, je me sens si seul ». Il est à la frontière de tous ses vertiges. Ça lui semble insurmontable. Il pleure d'abord abondamment jusqu'à ce que sa source se tarisse. Jusqu'à ce qu'aucune larme ne puisse sortir. Sa charpente, devenue sèche, craque de toutes parts. Adrien croit que le point de rupture intérieur est proche. Il en est persuadé. Il ne peut pas tenir. Ça va bien finir par péter. Il a l'impression que tout en lui appelle la mort. Une voix intérieure le lui dit sournoisement. Il pense qu'il a touché le fond, qu'il n'y a rien au-delà de ça. Aucune douleur ne peut être aussi dévastatrice. Mais à l'instant précis où cette pensée le traverse de manière parfaitement limpide, il se produit quelque chose d'absolument sublime, merveilleux et mystique. Dans ce centième de seconde, une brèche lumineuse s'est ouverte. À l'instant très précis où il n'a plus d'autre choix que d'accepter cet état, qu'il n'a plus de larmes à verser, que toutes les issues semblent bouchées. À l'instant exact où il ne peut qu'abdiquer et qu'il le fait véritablement, poussé par l'inéluctable, Adrien ressent un relâchement total. Son corps s'abandonne et ses pensées deviennent muettes. Une respiration qui lui donne accès à une source vive et éclatante.

Cette brèche laisse couler une émotion douce. Un apaisement. Un amour diffus, une source divine qui ruisselle dans ses veines. C'est un miel qui se répand en lui. Jamais il n'avait connu cette sensation auparavant. Il se sent à la fois l'homme le plus vaste au monde et la plus petite particule de l'univers. Il est aérien, fondu dans une sensation d'amour universel. Aucun mot ne saurait décrire avec exactitude ce qu'il se produit. Il essaie de s'accrocher à cet état pour y goûter plus longuement. Mais il redescend simultanément. Il ne peut s'accrocher à rien. Quand il laisse couler cette sensation, quand il se contente de l'observer, sans se soucier de l'instant suivant, elle revient dans un mouvement de balancier. Adrien se laisse glisser dans le courant. Aucune pensée, aucune projection ne vient le perturber. Aucune peur ne vient plus s'immiscer. Il lâche prise totalement. Il n'est plus en attente. Il ressent que là où il n'y a pas un amour plus grand, pas de don de soi, il n'y a pas d'espoir de vie. Sans cet amour-là, le vide s'installe implacablement sans que rien ne puisse le combler, et il ne reste rien d'autre que ce cri désespéré du cœur « aimez-moi ! » Son sentiment de solitude s'efface et laisse la place à la béatitude. L'univers est impeccable. Adrien vient de vivre une petite mort. Il préfère se dire qu'il vient de vivre une renaissance. D'autres petites morts viendront, la peur aussi sans aucun doute, mais il sait désormais qu'il a cette source en lui, ce relâchement-là. C'est une force nouvelle.

Adrien plane encore dans cette énergie lorsque Louise rentre à la maison, son anxiété quotidienne clouée au ventre. Elle passe la porte dans un mouvement de recul. Son pied effleure à peine le sol. C'est tout son corps qui appréhende désormais les soirées passées chez elle. Adrien se redresse un peu et arbore un sourire solaire. Elle sent dans l'instant que quelque chose a bougé chez lui. Il est rayonnant, ses yeux pétillent, ses traits sont élargis, sa gestuelle est celle des oiseaux. Elle renvoie un sourire en miroir. Tout en retenue.

— Ça va, Adrien ? Tu te sens bien ?
— Oui très bien. Pourquoi ?

En prononçant ces mots, il sait que son cœur était lourd ces dernières années. Un ange passe. Louise se relâche. Le salon se remplit de tendresse. Ils se regardent comme au premier soir, du premier regard, du premier battement de cœur, du premier désir, de leur premier baiser volé. Ils sont beaux tous les deux immobiles. Enveloppés dans ce silence. Louise ne comprend pas ce qu'il se passe. Son mari est totalement apaisé. Il a changé, elle se dit que cela doit se passer à un autre niveau. Elle ne cherche pas à comprendre. Elle accueille. Louise le prend dans ses bras et l'embrasse. Leurs lèvres se découvrent comme pour la première fois. La pudeur de ce qu'ils vivent ne se raconte pas. Seule l'imagination du cœur est à la hauteur de ce qu'ils partagent ce soir-là et dont un seul mot résonne encore comme une onde, « amour ».

Renaissance

Jour 1

C'est le début de l'été indien. La lumière est d'or et Adrien a retrouvé quelques forces vives. Ça s'est fait petit à petit, jour après jour. Il n'arrive pas à accéder continuellement à cet état de relâchement qu'il avait ressenti. Mais il l'a vécu. Il sait à présent qu'il porte cela en lui. Il est en chemin. Il continue à travailler avec Patrick et il a retrouvé sa complicité avec Louise. Son *burnout* les a amenés à changer de braquet, à remettre leur couple dans le centre du jeu. Ils se sont remis l'un et l'autre au centre de leur attention. Ils ne parlent plus d'enfant ni d'adoption pour l'instant. Ils essaient de ne plus rien projeter et retrouvent le souffle des premiers mois. Assurément, il lui arrive encore quelques fois, alors qu'il est plongé dans un sommeil profond, d'entendre ce prénom qui revient, « Flore ». Un écho lointain, un son évanescent qui, au réveil, ne lui semble plus qu'un rêve reculé.

En ce jeudi 5 octobre, Adrien a décidé de marquer le coup et fêter, avec sa femme, sa remise sur pieds. Ce soir, il a prévu d'emmener Louise dîner au Café Marly. Ils n'y sont pas retournés depuis leur premier dîner. Il a réservé la même table en face de la pyramide. Adrien pense que c'est stupide, mais son cœur est en agitation. Il est secoué de spasmes. C'est une pile électrique. Le couple se met en ordre de bataille. Il a sorti un vieux disque de Rod Stewart et c'est son titre phare qui rythme la pièce *Do you think I'm sexy*. Il fredonne les paroles du refrain pour oublier son bouillonnement « If you want my body, and you think I'm sexy, come on sugar tell me so, if you really need me, just reach out and touch, come on honey, tell me so… ». C'est tout l'appartement qui est en turbulence. Louise, elle aussi, est en émoi et disparaît dans la salle de bain. Elle prend une douche, se plante devant le miroir, se maquille, met lentement du rimmel sur les yeux. Elle s'observe une première fois attentivement, saisit le rouge à lèvres, fait tourner le tube, se l'applique sur le bout des lèvres, fait la moue, s'observe une seconde fois et se retourne satisfaite. Elle est fardée, ravissante et gracieuse. Elle ressemble aux actrices américaines des années cinquante. Les légers traits de crayon bleu orage relèvent la beauté mélancolique de son regard.

Son fond de teint façonne la douceur de son visage en une terre immaculée. Ses cheveux attachés lui donnent l'élégance d'une femme accomplie. Elle ouvre sa trousse de toilette de manière méthodique, lente et délicate. Ce sont ces mêmes gestes qu'elle faisait avec sa boîte à trésor qu'elle avait enfant. Une boîte dans laquelle elle cachait ce à quoi elle tenait le plus. C'était une partie de sa courte histoire qui était jalousement gardée dans sa petite boîte en fer. Des bijoux bon marché, des fausses pierres précieuses, des rubans de couleur, les premiers mots d'amour, ses pensées gribouillées dans un journal intime, des coupures de magazine et les photos de ses amis.

Adrien est à présent dans la chambre. Il s'est jeté sur son lit et a ouvert son ordinateur portable. Il est figé devant sa boîte mail. Il la regarde rapidement par réflexe. C'est une habitude ridicule, une addiction. Il n'y a plus rien de rationnel dans ce type de geste là. C'est l'inconscient qui joue. C'est maladif. Il y a des médecins qui traitent ce type d'addiction, paraît-il. Adrien est scotché devant sa messagerie. Il n'arrive plus à bouger. Ses yeux sont rivés sur son écran. Son cœur est à l'arrêt et son sang ne circule plus. Son corps est un bloc de granit.

Louise sort de sa trousse de toilette le plus précieux des trésors que ces mains n'ont jamais tenu jusqu'à présent. Un tube blanc et mauve. Ce joyau, elle le tend face à elle. C'est l'achèvement de leur si longue lutte. Ce matin, elle avait déjà sorti fébrilement ce même tube de son étui et s'était soumise à un test de grossesse urinaire. Depuis plusieurs jours, elle ressentait des douleurs au ventre. Louise n'a d'abord pas voulu y croire. Elle a mis du temps avant de se décider à l'acheter. Elle ne voulait pas faire face une fois encore à une insupportable déconvenue. Ce serait la fois de trop. Elle n'aurait pas eu le courage d'être déçue une fois de plus. Mais elle a entendu une voix lointaine et pourtant si nette, précise, une voix intérieure qui semblait lui dire qu'elle portait la vie. Les femmes ressentent ces choses-là. Elle n'a rien soufflé à Adrien. Elle ne voulait en aucun cas le soumettre à cette nouvelle tension, à ce nouvel espoir qui pourrait bien être sans lendemain. Il se remettait tout juste de sa dépression. Elle voulait d'abord en avoir le cœur net et a acheté un test dans une pharmacie. Quinze euros et une vie qui peut basculer. Elle avait dû attendre cinq longues et interminables minutes, les mains accrochées au lavabo, la tête baissée et crispée. Le résultat s'est révélé positif. Une coloration mauve a indiqué le niveau d'HCG, l'hormone chorionique gonadotrope humaine ou gonadotrophine, l'hormone de grossesse secrétée par l'œuf dans l'utérus lors de la nidation, puis par le placenta. La médecine attribue des noms froids et inodores pour le pire comme pour le meilleur. Louise a pleuré de joie. Un torrent de pétales de béatitude. Dans un abandon absolu, total.

Elle a longuement regardé ce tube. Elle l'a scruté dans ses moindres détails, et elle est restée figée devant le résultat. La vie l'a cueillie de tout son mystère. Elle s'est ensuite rassemblée, et elle a réfléchi.

Ce matin, elle ne pouvait pas annoncer cette nouvelle à la volée à Adrien. Pas comme ça, pas alors qu'elle était sur le départ pour aller bosser. Elle a attendu le soir.

À présent, la voilà prête à sortir de la salle de bain pour lui annoncer la nouvelle. Louise est en feu.

Adrien prend le temps de relire le nom de l'expéditrice. Un nom qui résonne comme un ange annonciateur. « Flore ». Il décrypte ses lignes une à une. Le sol se dérobe peu à peu, il s'affaisse. Il est comme un immeuble qui s'effondre par niveaux.

Adrien, pardonne-moi mon silence, j'ai eu besoin que tu te retrouves. Je suis désolée de t'avoir laissé, mais tu ne devrais plus jamais te sentir seul car tu as su traverser la perte et aller plus loin. Je n'étais qu'un intercesseur, rien de plus. Le sens de ce que nous avons vécu de profond, de sincère et de beau vit organi-

quement en toi. Tu as formulé tes questions interdites et invité l'inespéré à infléchir le destin. Comment héberger ton enfance ? Comment trouver une sécurité intérieure ? Comment changer ton regard sur ce qui t'entoure ? Comment aimer ? Comment « être » ? Comment accueillir la vie naissante ? Pendant ce voyage, tu as eu la sensation d'entrer dans le secret du monde où veille un grand amour. C'est dans ce secret que réside la source, et elle a jailli en toi.

Adrien est saisi par ce message. Après l'affolement des premiers instants, tout semble pourtant si parfaitement calme et à l'arrêt, hormis son cœur qui cogne vite dans un vacarme sourd. Il a la sensation de tomber dans le vide. Il a un spasme et se réveille. Ses songes n'apportent pas de réponse unique aux questions d'Adrien, elles ne sont pas une vérité en soi, elles ouvrent tout au plus le champ des possibles. Il se redresse ses deux mains appuyées sur la couette. Il n'y a pas d'ordinateur sur le lit, donc pas de mail de Flore. Mais juste Louise, enjouée dans l'embrasure de la porte et bien réelle. La vie appelle. Leur enfant.

***

Remerciements

Je remercie tous ceux qui m'ont permis de mener ce projet à terme.

Merci à Nicolas Faroux et Didier Ballot d'avoir cru en ce livre.

Merci à Émilie, Alexandre et Laetitia, pour leur travail éditorial engagé.

Merci à ma mère et ma sœur qui voient toujours au-delà de moi.

Merci à Anne pour son courage inspirant.

Merci à mon fils Jean ma source vive à la sensibilité si juste.

Merci à Blanche pour son soutien inconditionnel et son exigence qui éveille.

Merci à Clémence la force tranquille au regard éthéré sur le monde, sans qui ce livre n'aurait peut-être pas vu le jour.

Et merci à Caroline, François, Diane, Agnès, Jeff, Jean, et Aurore de m'avoir encouragé et soutenu tout au long de ces mois d'écriture.

Table des matières

Achevé d'imprimer en décembre 2021
sur les presses de
La Manufacture - Imprimeur – 52200 Langres
Tél. : (33) 325 845 892

N° imprimeur : 211258 - Dépôt légal : janvier 2022
Imprimé en France